시詩이언스

시詩이언스

초판 1쇄 인쇄_2020년 2월 15일 | 초판 1쇄 발행_2020년 2월 20일
지은이_H.W.P 책쓰기 동아리 | 엮은이_김묘연
펴낸이_진성옥 외 1인 | 펴낸곳_꿈과희망
주소_서울시 용산구 한강대로76길 11-12 5층 501호
전화_02)2681-2832 | 팩스_02)943-0935 | 출판등록_제 2016-000036호
e-mail_ jinsungok@empal.com
ISBN_979-11-6186-075-6 43810
※ 책 값은 뒤표지에 있습니다.
※ 새론북스는 도서출판 꿈과희망의 계열사입니다.
©printed in Korea. | ※ 잘못된 책은 바꾸어 드립니다.

2020 대구광역시교육청 책쓰기 프로젝트
과학에서 찾은 삶의 이야기, 詩로 말하다

시詩이언스

H.W.P 책쓰기 동아리 지음 / **김묘연** 엮음

꿈과희망

과학과 삶의 공통분모 찾기, '통찰시' 쓰기

올해 책쓰기 동아리 학생들과는 시를 써 보기로 했습니다. '시'란 무엇인가? 로 시작하자면 시론(時論)으로 1년을 보내야 할지도 모를 일입니다. 그래서 각자의 시론에 맞게 무작정 쓰고 보여주기를 했습니다. 우리의 삶을 폴라로이드 사진으로 찍듯이, 한 단면 단면을 시로 적어 나가며 다른 시인들의 시도 읽고 감상을 나누기도 하면서 말입니다. 그러다가 한 시가 운명처럼 우리에게 다가왔습니다.

질량의 크기는 부피와 비례하지 않는다.

과학고등학교를 다니는 우리 친구들뿐만 아니라 과학책을 읽으면 쉽게 접할 수 있는 과학적 원리입니다. 그런데 이 과학 원리를 다음의 시 구절로 연결한 김인육 시인의 〈사랑의 물리학〉은 우리가 이 시집을 발간하게 된 동기가 되었습니다.

제비꽃같이 조그만 그 계집애가
꽃잎같이 하늘거리는 그 계집애가
지구보다 더 큰 질량으로 나를 끌어당긴다.

질량은 상태 변화에 상관없이 변하지 않고 계속 같은 값을 유지

한다는 법칙이 사랑의 법칙으로 변하여 시를 이끌어 갑니다. 과학
과 우리 삶의 한 단면의 공통분모를 기가 막히게 연결한 이 시는
시구에 나오는 것처럼 우리 머릿속에서 진자운동을 멈추지 않게 했
습니다.

　　뉴턴의 사과처럼
　　사정없이 그녀에게로 굴러 떨어졌다.
　　쿵 소리를 내며, 쿵쿵 소리를 내며

　과학책에서나 볼 만한 뉴턴이나 중력의 법칙을 시에서 만나니 더
욱 신선했습니다. 중력의 법칙으로 사랑의 끌림, 그 설렘마저 드
러낸 이 시에서 영감을 얻은 우리는 과학적인 원리들을 삶과 연결
하는 '과학시'를 써 보기로 했습니다. 그래서 '시(詩)'와 'SCIENCE'
를 결합하여 이 책의 제목인 '시이언스'가 탄생하였습니다.

　자연 과학을 쉽게 이해할 수 있도록, 한편 자연과학과 인간의 일
상적인 모습과의 공통점을 찾아 시로 표현해 보는 것을 '과학시 창
작'이라고 개념 정의를 하고 어려운 과학 용어나 원리들, 과학시를
읽으면서 '아하!'하는 깨달음, 공감의 탄식이 절로 나는 시를 창작

하는 것을 목표로 하였습니다. 그러기 위해서는 과학과 삶을 한 궤에 꽂아내는 '통찰력'이 필요했습니다. 우리 친구들은 '생활에의 발견, 과학에의 발견'을 통한 '통찰시' 쓰기로 과학 원리를 아주 가볍게 드러내 보겠다는 야심에 차서 일상을 더 다양하고 다른 각도로, 다른 렌즈로 두리번거리게 되었고, 일상 속에 숨어 있는 과학의 원리들도 찾게 되었습니다.

이런 도전으로 시작한 '과학시' 쓰기, '통찰시' 쓰기라고 이름 붙인 프로젝트는 편의상 교과목 이름인 '물리 · 화학 · 생물 · 지구과학 · 수학 · 정보' 분야를 나눠서 진행하였으며 이는 시집의 각 장으로 나눠 담았습니다. '마음을 움직이는 물리시, 마음을 반응시키는 화학시, 마음을 되살리는 생물시, 마음을 밝히는 지구과학시, 마음을 울리는 수학시, 마음을 써 내려가는 정보시'로 나눠 각 해당 부분에서 인생의 단면과 닮은꼴을 띄는 원리들을 '숨은 그림 찾기' 하듯이 들여다봤습니다. 그리고 일상의 감정을 시로 메모한 것들을 사시사철 언제나 우리 곁에 있는 시로 '일상다반 詩' 부분에 담았습니다.

프로젝트를 진행하면서 과학시 쓰기는 생각보다 어려운 점이 있

었으며 통찰력 또한 하루아침에 생기는 것도 아니니 말입니다. 하지만 새로운 시 쓰기에 대한 도전, 시 쓰기와 과학 공부를 연계할 수 있음에 가치를 두고 이러한 어려움을 극복했했습니다.

더 많은 책을 읽고 소감을 나누고 발상의 전환, 다양한 표현법을 공부하기 위해 미술 관람도 함께 하였습니다. 더 열심히 일상과 과학에 관심을 가지고 시로 표현할 부분들을 찾으면서 늘 머릿속에 화두처럼 담고 다니다 보니 과학시 주제에 조금은 친숙해졌으며 통찰력도 향상되었습니다. 그렇게 과학시를 쓰면서 우리 친구들은 '인문을 가슴에 품은 과학도'의 모습으로 거듭났습니다. 일 년 동안 열심히 프로젝트에 참여해 준 동아리 친구들에게 감사함을 전합니다.

과학 이야기가 흥미롭지 않은 독자들도 쉽게 읽을 수 있는 '과학시'를 만나보길 바랍니다. 평소 인식하지 못하고 지나친 우리 삶의 단면들이 과학 원리와 함께 선명하게 보일 것입니다. 우리 삶에 대한 통찰시 쓰기가 독자에게도 하나의 도전 과제가 되길 기대해 봅니다.

2020년 2월
묘샘 씀

■ 차례

■ 프롤로그 / 과학과 삶의 공통분모 찾기, '통찰시' 쓰기_김묘연   004
■ 작가 소개詩   012

물리시
詩속 마음을 움직이는 시

물리_박지현 · 018 / 끝없는 고독_김태겸 · 019 / 불확정성 원리_양준혁 · 020
전지_모수현 · 022 / 검은 점_김태겸 · 023 / 정상파_김근영 · 024
거울_안해원 · 025 / 만유인력_김민성 · 026 / 전위차_모수현 · 028
불확정성_박지현 · 029 / 불확정성 원리_이윤형 · 030 / 창밖_김근영 · 032
지렛대_박지현 · 034 / 광전 효과_안해원 · 035
그런 순간이 있었다_안해원 · 036 / 초고속 카메라_홍서현 · 037
떠돌이_이채원 · 038 / 안경_박지현 · 040

화학시
詩약 마음을 반응시키는 시

화학_박지현 · 042 / 반응속도_홍서현 · 043 / LoVE-smosis_안해원 · 044
바닥상태_모수현 · 045 / 공유 결합 I _안해원 · 046 / 공유 결합 II _안해원 · 047
UV-VIS_홍서현 · 048 / 일그러진 결합_이채원 · 049
강당에서 우리_김민성 · 050 / 두 원자 이야기_김민성 · 052
엔트로피 1_박지현 · 054 / 엔트로피 2_박지현 · 055 / 현미경_홍서현 · 056
레고 세상_김태겸 · 058 / 원심분리기_홍서현 · 060

생물시
詩PR 마음을 되살리는 시

Escherichia coli_차서현 · 062 / 수정_모수현 · 063 /
얼음으로 만든 성_양준혁 · 064 / 비과학적 과학_김우현 · 065 /
생명_이정원 · 066 / 생명과학_박지현 · 067 / 배신자_김근영 · 068 /
콩닥콩닥_안해원 · 070 / 백혈구_김민성 · 072 / 나_김우현 · 073 /
생명_김우현 · 074 / 비타민_김근영 · 076 / 기생충_차서현 · 077 /
호흡_박지현 · 078

지구과학시
詩야 마음을 밝히는 시

지구과학_박지현 · 080 / 태풍_이승우 · 081 / 봄여름가을겨울봄_안해원 · 082
목소리_김태겸 · 083 / 위성_이채원 · 084 / 조차(潮差)_안해원 · 085
지구_양준혁 · 086 / 계곡_박지현 · 088 / 어느 날 달이 물었다_안해원 · 090
그래도 지구는 돈다_김민성 · 092 / 한가을_이정원 · 094
암석 박편_홍서현 · 096 / 층의 시간_안해원 · 097 / 물의 순환_이승우 · 098
별_차서현 · 099 / 망원경_홍서현 · 100 / 보이는 게 다가 아니다_김근영 · 102
태양_박지현 · 103 / 우린 모두 별에서 왔다_김태겸 · 104 / 바다_박지현 · 106
연주 시(詩)차_박지현 · 108

■ 차례

수학시
493.9Hz 마음을 울리는 시

기하와 벡터_모수현 · 110 / 소수_이윤형 · 111 / 기리고차_모수현 · 112
수학_이윤형 · 113 / 정다면체_홍서현 · 114 / 지오지브라_김근영 · 115
수학_박지현 · 116 / 곱셈과 나눗셈_홍서현 · 117 / 짱친_이채원 · 118
소마큐브_이정원 · 120 / 점근선_이윤형 · 121 / 소마큐브_모수현 · 122

정보과학시 C언어
詩언어 마음을 써 내려가는 시

정보과학_박지현 · 124 / 시작_이정원 · 125 / 계산_김민성 · 126
시리_김민성 · 128 / Hello Everyone!_모수현 · 130 / 모스_김민성 · 132
처음_박지현 · 134

일상다반 詩

사詩사철 **언제나 곁에서**

향수_안해원 · 136 / 정류장_모수현 · 137 / 여름_박지현 · 138
어려운 시_이정원 · 139 / 매화_차서현 · 140 / 새벽이 밝아온다_안해원 · 141
측우기_모수현 · 142 / 적포도_박지현 · 143
사랑하는 아담 스미스_안해원 · 144 / 열정_모수현 · 145
그리움_이정원 · 146 / 진로_모수현 · 147 / 밤의 연회_안해원 · 148
나는 과학이 싫다_이윤형 · 150 / 이별의 시간_안해원 · 152
교묘 - 학교 안 길고양이_차서현 · 153 / 곤약 젤리_모수현 · 154
이동식 수업_차서현 · 155 / 쓰레기통_이승우 · 156 / 짝사랑 1_이정원 · 157
짝사랑 2_이정원 · 158 / 기찻길_모수현 · 159 / 봄_안해원 · 160
침전시 Ⅰ_이채원 · 161 / 나는 바람_이승우 · 162 / 침전시 Ⅱ_이채원 · 163
가을_이승우 · 164 / 태풍_모수현 · 165 / 0_김민성 · 166 / 공명_홍서현 · 168
가치_이승우 · 169 / 피로회복제_차서현 · 170 / 빈 물병_모수현 · 171
짐_차서현 · 172 / 밤_이채원 · 173 / 묵은실잠자리_이채원 · 174
나는 당신을 기다립니다_이승우 · 177 / 백상아리_박지현 · 178
가정폭력_차서현 · 179 / 사과_모수현 · 180
우리는 그저 너무 바빴을 뿐이다_홍서현 · 181 / 문제가 생긴 문제_이정원 · 182
피안화 피는 밤에_이승우 · 183 / 사시사철_박지현 · 184 / 표류_안해원 · 185
멍_이채원 · 186 / 하… 인생_이정원 · 188 / 닭_이정원 · 190
스마트폰_모수현 · 191 / 설탕_박지현 · 192

김우현
우연히 뒤를 돌아보았을 때
현실의 내가 주저앉지 않게

김태겸
김태겸
태산같은 포부를 가지고
겸허히 앞길을 나아가리라.

안해원
안녕하세요!
해양처럼 넓은 마음과
원처럼 동글동글한 얼굴을 가진 안해원입니다ㅎㅎ

양준혁
양심상 삼행시라도 잘
준비해야겠는데 도대체
혁으로 시작하는 게 뭐가 있냐?

이승우
이세상에 태어나서
승리만 하면서 살아갈 순 없지만
우리 모두 힘냅시다.

이윤형
이렇게
윤형이란 이름으로 나를
형용하기 어렵다는 것을 이제와 느낍니다.ㅜㅜ

김근영
김근영
근자감
영원하자~~!!!

김민성
김민성은
민중을 이끄는
성인군자로서 여러분이 이 시를 읽기를 원합니다.

모수현
모지리 같고
수수하지도 않지만
현재 삶을 만족하며 살고 있습니다.

박지현
박지현
지금까지 해왔던 대로
현재에 충실하게.

이정원
이책에 실린 제 시에는
정말 하고 싶었던 말들을
원없이 담았습니다. 부디 재미있게 즐겨주세요.

이채원
이채원이라는 사람을
채색해야겠다
원색이 아닌 형형색색의 빛으로…….(끄악)

차서현
차차 더 빛날 서현아
서두르지 말고 천천히,
현이 내는 소리처럼 온유한 삶을 살아가자.

홍서현
홍서현은 오늘도
서쪽 하늘 저 노을처럼
현재를 더욱 아름답게.

'행복을 찾아 쓰는, 책쓰기 동아리' H · W · P

물리시

詩속

마음을
움직이는

시

물리

박지현

물리는 움직임을 말한다.
그것이 빛일 수도
조그마한 전자일 수도
거대한 별일 수도
모든 것을 있는 그대로 보여주는 것
이것이 물리이다.

 뭐야 이 詩

물리는 움직임을 다루는 학문이다. 빛과 파동을 다루는 파동 광학, 전자의 이동을 다루는
전자기학, 물체, 별들의 움직임을 다루는 운동역학으로 분류된다. 물체의 움직임을 있는
그대로 서술하는 학문이 바로 물리이다.

끝없는 고독

김태겸

우주에서 가장 고독한 것은
빛이다.
흡수되어 사라지는 그날까지
결코 멈출 수 없고
끝없이 달려야만 하는 빛

밝디밝은 태양 빛 중에서
어딘가에 흡수될 수 있는 행운을 가진 건
극소수

종착역이 어딘지도 모른 채
자신의 운명도 모른 채
홀로 한없이 나아간다.
무한한 어둠의 세계를

✏ 뭐야 이 詩

빛의 직진성 : 빛은 어딘가에 가로막히거나 흡수, 굴절되지 않는 한 직진한다.

불확정성 원리

양준혁

보어는 말했다.
전자는 안개,
어디에나 있으면서
어디에도 없는 것
정확하게 보려 할수록
아무것도 보지 못하는 것

전자를 예측하려는 과학자들의 꿈을
허무하게 짓밟은 진리
불확정성 원리

당신이라고 다를까?
어디에나 있는 것 같으면서
어디에도 없는 듯
정확하게 보이는 것 같으면서
아무것도 보이지 않는 듯

수조 개의 전자로 이루어진 당신도
안개처럼 형체 없이 나를 맴도는 듯
그 속에서 나는 한치 앞도 내다보지 못한 채
그저 마음 가는 대로
그 신비로운 안개를 누비며

 뭐야 이 詩

불확정성 원리–입자의 운동량의 표준편차를 $\triangle$p, 입자의 위치의 표준편차를 $\triangle x$ 라고 했을 때 $\triangle x \ \triangle p \geq \dfrac{h}{4\pi}$ 라는 원리이다. 이 원리에 의해 운동량을 정확하게 측정할수록 입자의 위치가 불명확해지며, 입자의 위치를 정확하게 측정할수록 입자의 운동량이 불명확해진다.

전지

모수현

너를 만나러 갔어.
친구랑 손을 잡고

너를 만나고 왔어.
친구를 등에 업고

친구랑 손 잡고 가니
너는 더 좋아하더라.

친구를 등에 업고 가니
너를 더 오래 볼 수 있더라.

뭐가 더 좋은지는 모르겠지만
나는 너를 봐서 좋았어.

 뭐야 이 詩

전지는 화학 반응, 방사선, 온도의 차이, 빛 따위로 전극 간에 전위차가 발생하게 한다. 전기 에너지를 만드는 장치 전지를 직렬연결 시 전구가 더 밝게 빛을 내는 반면에 사용 시간에는 변화가 없고, 병렬연결 시 전구의 밝기는 똑같지만 오랫동안 사용할 수 있다는 원리를 활용한 시이다.

검은 점

김태겸

그것은 모든 것을 삼키는
탐욕의 검은 점
그리고 세계의 비밀을 품고 있는
미지의 검은 점

저 검은 점 너머에는
무엇이 펼쳐져 있을까?
평행 세계일까?
과거의 우주일까?
아니면 그저 파멸뿐일까?
검은 점은 무엇을 말하고 있을까?

빛조차도 삼키는 검은 점은
하늘에서 조용히
우리를 내려다보고 있다.

 뭐야 이 詩

블랙홀은 강력한 중력으로 주위의 모든 것을 흡수하는 천체를 말한다.

정상파

김근영

언제나 그는
나와 반대로 흘러간다.
내가 그렇게 싫었나?
나랑 발맞춰 걷기 싫었나?

하지만 다시 생각하면
언제나 마주 보고
인사할 수 있는 그
나와 같은 속도로
배려해 주고 있는 또 다른 나

나와 그는 합쳐져
아름다운 호선을 그려 낸다.
빠르게 걸어가는 사람들에게
정지한 것처럼 보이는 선물을 한다.

항상 고마워.

 뭐야 이 詩

정상파는 서로 반대 방향으로 진행하고 다른 성질이 모두 같은 두 파동이 합성되어 나타
난다. 두 파동이 합성되어 합성파가 정지한 것처럼 보인다. 주로 현악기나 관악기에서 관
찰할 수 있다.

거울

안해원

욕심으로 가득한 배를 내밀곤
밀쳐낼 듯 그가 나를 깔보면
그 앞에서 나는 늘 그렇듯 움츠러드는 모양이어
실재하지 않는 나를 바라는 그 안에 파묻히었다.

어깨를 모아 잔뜩 웅크린 채
벌벌 떨며 그가 내게 고개를 숙이면
그 앞에서 나는 거대한 장벽이 되어
지나친 자만으로 존재하지 않는 나를 믿고야 만다.

모남과 휘어짐 없는 이를 만난 그때
비로소 나는 나를 되돌아보았다.
머리부터 발끝까지 있는 그대로의 나를

진정한 나를 마주하고, 나를 사랑하고, 나를 믿고서야
나 역시 다른 이를 올바르게 비춰 주는 거울이 될 수 있었다.

 뭐야 이 詩

볼록 거울은 항상 축소된 상을 만들고, 오목 거울은 물체가 초점거리의 1배~2배 사이 거리에 있을 때 확대된 상을 만든다. 또한 평면 거울은 물체와 동일한 크기의 상을 만든다.

만유인력

김민성

군중이 몰려간다.

군중이 커진다.
이 사람이
저 사람을 부르고
저 사람이
그 사람을 부른다.

군중이 커진다
사람이 모여
질량이 커지고
만유인력이 커진다.

군중이 몰려간다.
이 사람
저 사람
그 사람
모두가 만유인력에 이끌려
맥락 없이 모인다.
군중이 몰려간다.

이 사람
저 사람
그 사람
그저 만유인력에 이끌려
생각 없이 따라간다.

군중이 몰려간다.
이 사람
저 사람
그 사람
만유인력에 군중에 모이면
군중은 뭐에 이끌릴까?

군중이 몰려간다.

전위차

모수현

전위차가 생겼어.
네가 움직이면서

그런데 사람들은 우리를 질투해
그렇게 우린 반대로 가고 있어.

한 바퀴를 돌아 너를 다시 만났지만
또다시 멀어지는 게 우리 운명인가 봐.

 뭐야 이 詩

전기 회로에서 전자가 움직이는 방향과 전류의 흐름이 반대임을 주변에 의해 헤어지는 연
인의 모습으로 빗대어 표현한 시이다.

정성

박지현

정해진 것이 아무것도 없어서
알 수 있는 것이 하나도 없어서
알 수 있는 방법이 보이지 않아서
헤매고 있었던 과거의 나에게
그래도 괜찮다고 말해 주었으면
모두들 그렇게 간신히 살아가고 있다고 말해 주었으면
그 누구도 알지 못하지만
네가 그곳에서 존재하며
버티고 있는 것만으로 충분하다고
그렇게 말해 주었으면

 뭐야 이 詩

하이젠베르크의 불확정성원리는 입자의 운동량과 위치를 동시에 정확하게 측정할 수 없다는 원리이다. 위치를 정확하게 측정하게 되면 그만큼 운동량이 불확정하게 측정되게 된다.

불확정성 원리

이윤형

과연 남는 게 있을까 생각이 들 때는
지금 하는 게 너무나도 버거울 때는

아무것도 하지 말아보자.
모든 것을 놓아보자.

삶에 치이고 치여서 의욕이 없을 때는
내가 이렇게까지 살아야 하나 싶을 때는

왜 사는지 질문 말자.
어떻게 살지 생각하자.

내가 성공할 수 있을까?
내가 꿈을 이룰 수 있을까 무서울 땐

조용히 눈을 감아
작은 것을 바라보자.

하지만 이런 글을 쓰는 나조차도
그 간단한 두려움 하나 이기지도 못해
말과 행동이 달라 솔직하지 못해

지금 내가 무엇을 바라보는지
무엇을 느끼고 무슨 생각을 하는지
가늠조차 할 수도 없다.

 뭐야 이 詩

불확정성 원리란 두 개의 물리량을 동시에 관측할 수 없다는 것을 의미한다. 즉 물리량에
대해 동시에 정확한 값을 측정할 수 없음을 의미하며 이는 측정 방법에 문제가 아니라 과
학적인 이유로써 측정을 못한다는 것을 말한다.

창밖

김근영

창문은 반도체

해가 모든 것을 비출 때
자신을 숨겨
속에 담긴 그림을
여과 없이 보여준다.

시간이 흘러
새가 둥지로 돌아가고
해가 관심을 주지 않을 때
자신을 나타내는 창문
밖의 풍경을 아무것도 드러내지 않고
관람객들의 모든 것을 투영한다.

숨 돌리는 흰 자국 칠판
아이들이 먹다 남긴 주스
과제에 지친 학생들
그리고 그 속에 담긴 수많은 이야기

새벽닭이 울면
아무것도 모른 체하며
다시 자신을 숨겨
이야기를 감추겠지?

그러나 창문은 모든 것을 알고 있다.
창문은 위선자

 뭐야 이 詩

낮에 창밖을 보면 바깥 풍경을 모두 보여주지만, 밤에 보면 바깥에서 들어오는 빛이 없어
안에 있는 사람들의 모습만 보인다. 이 현상을 우리 학교에서 창문에 비치는 모습을 생각
하며 쓴 시이다.

지렛대

박지현

지렛대는 받침점이 필요하다.
받침점이 있으면 지렛대는 무엇이든 들어 올릴 수 있다.
그 무엇이 지렛대에 기대든지
지렛대는 버틸 수 있다.

나는 네가 필요하다.
네가 있으면 나는 무엇이든 말할 수 있다.
그 누가 나에게 의지하던지
난 버틸 수 있다.
그리고 나의 받침점이었던 넌 떠났다.
그리고 내 마음속엔 막대기 하나만 덩그러니 남아 있다.

 뭐야 이 詩

지렛대는 돌림힘의 원리를 이용하여 물체를 들어 올리는 도구이다. 지렛대는 가하는 힘과
받침점과 힘을 가하는 위치 사이의 거리가 반비례하는 것을 이용하여 적은 힘으로 물체를
들어 올릴 수 있게 한다.

광전 효과

안해원

있는 힘껏 달려가 부딪쳐도
내 목소리가 닿지 않는 너에게
나의 땀과 눈물을 바친다.

더 많은 사람을 데려와 부딪혀도,
더 세게 부딪혀도
모습을 보이지 않는 네가 그립다.

내 간절함이, 내 떨림이 더 빛날 때에야
그 문턱을 넘게 될까?

언젠가 내 목소리가 닿을 너에게
나의 땀과 눈물을 바친다.

 뭐야 이 詩

광전 효과는 금속과 같은 물질이 특정 진동수보다 큰 진동수의 전자기파를 흡수했을 때
전자를 내보내는 현상이다. 이 특정 진동수를 문턱 진동수(한계 진동수)라 부르며, 이 진동
수에 도달하지 못할 경우에는 전자기파를 쪼여주는 넓이나 전자기파의 세기를 변화시켜
도 전자를 내보내지 않는다.

그런 순간이 있었다

안해원

붉게 타오르는 노을을 뒤로한 네가 있던
그 새빨간 하늘을 밝히던 눈동자에 사위는 고요했고
나는 숨이 막혀 네가 태양이 아닌가 했다.

맹렬히 타오르는 것을 멀게 바라보는 네가 있던
떠다니던 먼지들은 다이아몬드 가루처럼 퍼슬거리며 반짝였고
나는 진창에 빠져 단 한 발도 감히 내딛을 수 없었다.

잠겨 들어가며 깨달은 것이라고는 고작
그 눈동자가 조금 어두운 갈색이라는 걸 잊을 수 없음을
몇 번의 밤이 지고 몇 개의 낮이 떠도
결코 잊어 버릴 수 없는 것들이 있음을.

 뭐야 이 詩

1) 소리는 매질을 통해 전달된다. 따라서 우주에서는 그 어떠한 매질(공기, 물 등)도 존재하지 않기에 소리가 들리지 않는다.
2) 빛은 원래 직진하지만, 불균일한 매질을 만날 경우 불균일성(입자와 부딪치는 등)에 의해 본래의 경로를 벗어나는 산란(散亂)을 하게 된다. 예시로는 햇빛이 하늘에서 산란되어 하늘이 파랗게 보이는 현상과 미세먼지가 많은 날 햇빛이 미세먼지에 의해 산란되어 하늘이 뿌옇게 보이는 현상 이 있다.

초고속 카메라

홍서현

찰칵

그 누구도 잡지 못한 순간
그는 잡아냈다.

찰칵

그 누구도 모를 순간
그는 읽어냈다.

그 덕분에
우리는 그 순간을
알아냈다.

 뭐야 이 詩

초고속 카메라는 매우 빠르게 촬영하는 기술을 가지고 있어 주로 물질의 움직임을 표현하는데 사용한다. 초고속 카메라가 개발되기 전까지 인간은 짧은 순간을 찍어내 연구할 수 없었지만 초고속 카메라의 개발을 통해 가능해졌다. 초고속 카메라를 의인화하여 그를 칭찬하고자 했다.

떠돌이

이채원

물리시간에 수많은 벡터들을 보며 생각했다.
쟤네는 참 부럽다고.
어디로 가야 하는지가 정해져 있고
결국엔 도달할 수 있음을 알기에

다른 벡터와 무작정 나란하게 가 보다 후회하고
목표점을 찾다 단위 원을 그려 버리는
그래도 언젠간 내 위치를 찾을 거라 확신하는
나는 떠돌이.

그런데 주위를 둘러보니
내가 그렇게 동경해 마지않던 벡터들 중에는
자신이 속해야 하는 평면이 정해진 벡터도,
자신이 지나야 하는 꼭짓점이 정해진 벡터도
수두룩 빽빽하더라.
걔네라고 다 행복한 건 아니더라.

어느 방향이든 갈 수 있고
그렇게 넓이를 가져 볼 수도 있는
나는 떠돌이.
나름 행복한 떠돌이.

 뭐야 이 詩

벡터란 크기와 방향으로 나타내는 요소를 뜻해요. 예를 들어 어떤 물체가 오른쪽으로 5m/
s로 이동한다고 한다는 것을 나타내는 데에 벡터가 쓰일 수 있다. 글쓴이는 물리 시간에
속도를 나타내어 주는, 그 시작점과 일정한 방향이 주어진 벡터를 보고 영감을 떠올렸다.

안경

박지현

당신이 없던 그때
내 눈은 흐리기만 했지만
당신이 있어 주어서
아름답기 그지없는 이 세상이
내 머릿속에
선명하게 남을 수 있습니다.

 뭐야 이 詩

렌즈는 빛을 굴절시키는 광학기구이다. 안경은 렌즈를 사용한 대표적인 광학 물체로 빛을
굴절시켜 상이 망막에 정확하게 맺히도록 도와준다. 근시의 경우 오목렌즈를 사용하여 상
이 뒤쪽에 맺히도록 하고, 원시의 경우 볼록렌즈를 사용하여 상이 앞쪽에 맺히도록 한다.

詩약

마음을
반응시키는
시

화학

박지현

화학은 보이지 않는 것들을 노래한다.
우리가 깨닫지 못하는 것,
그러나 언제나 일어나고 있는 것,
물질을 쪼개고 쪼개고 또 쪼개서
그 본질을 찾으려 한다.
모든 것과 그 모든 것을 이루는 모든 것
이것이 화학이다.

 뭐야 이 詩

화학은 물질의 본질을 다루는 학문이다. 원자의 구조, 반응 등을 다루며 눈에 보이지 않는
세계를 밝히기 위해 노력한다. 어떠한 물체를 이루는 것들에 대해 연구하는 학문이다.

반응속도

홍서현

너를 만난 나의 마음
누군가가 정촉매를 부었다.

반응이 너무 빠르다.

너를 보면 나의 마음
누군가가 온도를 높였다.

반응이 너무 빠르다.

너를 향한 나의 마음
반응속도가 너무 빠르다.

 뭐야 이 詩

반응속도를 활용하여 좋아하는 이를 만났을 때 빠르게 반응하는 마음을 표현했다. 반응속
도는 촉매와 온도에 의해 변하게 되는데 정촉매를 사용했을 때, 온도를 높였을 때 훨씬 더
빨라진다.

LoVE-smosis

안해원

우리 손잡을 때 셀로판지로 장갑 만들어 낄까?
하다못해 달걀 삶아먹고 남은 속껍질을 잘라다
메시지가 오가는 핸드폰 화면에 붙이기라도 하던가.

마음에 농도가 있다면 우리는 늘 일정했으면 좋겠어.
나만 너무 마음 쓰다 끝나지 않게,
너만 너무 식어가지 않게.

조금만 더 사랑할라치면 마음의 정도가 같아지고
혼자 두 발 멀어질라치면 같이 한 발씩 물러나자.

끝나고 나서는 어느 한쪽만 넘쳐흐르는 눈물을 끌어안고
방울지는 추억 사이 공허함에 울먹일지언정

마음에 농도가 있다면 우리는 늘 일정했으면 좋겠어.
감정을 주고받을 동안만은 그게 마음 편할 것 같아.

 뭐야 이 詩

삼투(osmosis)란 농도가 서로 다른 용액이 반투과성막을 사이에 두고 있을 때 농도가 더
진한 쪽으로 용매(녹이는 물질)가 이동하는 현상이다. 용질(녹는 물질)은 반투과성막에
비해 입자의 크기가 크기 때문에 통과할 수 없어, 용매가 이동하게 된다. 대표적인 반투과
성막에는 달걀껍데기와 셀로판지가 있다.

바닥상태

모수현

나는 너를 붙잡고 있다.
나를 떠나가지 못하게
붙잡고 있다.

너는 도망가고 있다.
너를 향한 내 마음으로
도망가고 있다.

너는 들떠지지 않는다
어떤 모습을 보여줘도
들떠하지 않는다.

바닥상태가 너의 운명이다.
그런 너를 잡지 못하는 게
내 운명이다.

 뭐야 이 詩

원자들은 서로 다른 에너지 값을 갖는 여러 배열상태 중의 하나로 존재하며, 원자나 계가
에너지를 흡수하거나 방출하면 두 에너지 준위 사이에서 전이가 일어났다고 하는데 어떤
계에서 가장 낮은 에너지 준위를 바닥상태라고 하며 이보다 높은 에너지 상태를 들뜬상태
라고 한다.

공유 결합 I

안해원

홀로 남아 떠도는 조각난 내 마음 드릴 테니
그대의 마음 한 조각만 내어 주세요.

작은 것이라도 좋으니, 그대 곁으로 데려가세요.
우리는 언제까지 한마음을 나눠 가질 수 있을까요.

공유 결합 Ⅱ

안해원

내게 남은 단 하나의 것을 드렸지만
당신이 준 것은 수많은 것 중 하나

부디 나를 보내 주세요.
한 치 앞을 알 수 없이 불안정해도 그것이 나을지언대
그대 나를 끌어당기는 힘은 어찌 뿌리칠 수가 없는가.

 뭐야 이 詩

공유 결합은 여러 가지 화학 결합 중 전자를 원자들이 공유했을 때 만들어지는 결합을 말
한다. 공유 결합을 형성할 경우 해당 분자는 원자핵과 전자쌍간의 인력 및 원자간 척력에
의해 안정화된다.

UV-VIS

홍서현

나는 유명하지 않다.
나를 모르는 이들도 많다.

하지만 나는 당당하다.
다른 기자재들이 못하는 것
나는 할 수 있기 때문이다.

너도 지금 너를
알아주는 사람이 없다 해도
슬퍼하지 마라.

너도 나만의 특별함이
있으니까

없을 수 없으니

 뭐야 이 詩

UV-VIS라는 첨단 기자재는 다른 기자재에 비해 잘 알려지지 않은 기자재이다. 우리 학교
내에도 UV-VIS에 대해 잘 알지 못하는 학생들도 많을 것이다. 하지만 UV-VIS는 물질의
투과율을 측정할 수 있는 독특한 능력을 가지고 있다.

일그러진 결합

이채원

옛날 옛적에
어느 두 사람이
서로 배위 결합을 했대요.

그 사람을 위해서는
내 모든 것을 다 줄 수 있었고
나도 그 사람한테 아낌없이 줌으로 인해
행복해질 수 있었대요.

중심이 그에게 쏠린다 해도
나는 비중이 없어진다 해도
서로 사랑하는 정도는 같으니 괜찮아요.

남들이 보기엔 이상할지 몰라도
이게 우리들만의 방식인걸요.
아무도 뭐라 할 수 없는

✎ 뭐야 이 詩

배위 결합이란 두 분자나 이온이 결합을 하는 과정에서, 어느 한쪽이 전자쌍을 제공하는
결합이에요. 원래는 전자쌍을 서로 공유해서 윈윈 효과를 갖는 게 정상이지만, 배위 결합
을 하는 쌍도 자기들만의 방식이 있다는 점에 착안하였다.

강당에서 우리

김민성

강당에 앉은
우리

겉으로 보면
멀쩡한 우리

그저 병에 꽉 찬
기체처럼

자세히 보면
난리 난 우리

휴대폰을
하고

잡담을
하고

장난을
하고

병 속에서
날뛰는
기체 분자처럼

두 원자 이야기

김민성

우라늄이
있다.

제일 무거운
원소

안정적인
철을 동경하여
핵분열을 한 그는

자신의 몸을
부수면서
철이 되어 갔다.

수소가
있다.

제일 가벼운
원소
안정적인

철을 동경하여
핵융합을 한 그는

죽도록 몸을
부풀리며
철이 되어 갔다.

그렇게 모두가
똑같아졌다.

같은
전자 수

같은
양성자 수

같은
중성자 수

모두가
똑같아진다.

엔트로피 1

박지현

엔트로피는 무질서도를 뜻한다.
기체가 천천히 흩어지는 것처럼
물 속으로 잉크가 서서히 번져나가는 것처럼
누군가의 기쁨이 모두에게로 퍼져나가는 것처럼
자연계의 모든 현상은
엔트로피가 증가하는 방향으로 일어난다.

엔트로피 2

박지현

자연계의 모든 현상은
엔트로피가 증가하는 방향으로 일어난다.
그러니까 오늘은 탈주해야지.

 뭐야 이 詩

엔트로피는 무질서도를 뜻한다. 자연계의 모든 반응은 엔트로피가 증가하는 방향으로 일
어난다. 에너지를 뜻하는 엔탈피와 엔트로피의 정도에 따라 반응이 자발적으로 일어나는
지의 여부가 결정되게 된다.

현미경

홍서현

이 세상에는
너무 작아서
너무너무 작아서
우리가 볼 수 없는 세계가 가득하다.

이들을 보지 못한다면
과연
전체를 보았다 할 수 있을까?

너무 작아서
보이지 않는다면
우리가 작은 것을 보면 되지 않을까?

너무 작아서
보이지 않는다면
우리가 작아지면 되지 않을까?

 뭐야 이 詩

과학자들이 제일 처음으로 우리 눈에 보이지 않는 세계가 존재하지 않았을 때 가졌을 만한 궁금증을 시로 표현한 것이다. 첫 번째 질문에 대한 답은 '아니오'라고 볼 수 있다. 그러니 이를 보기 위해 노력을 들여 현미경을 개발한 것이다. 두 번째 질문에 대한 답은 '네'라고 볼 수 있다. 왜냐하면, 현미경의 개발을 통해 직접 실현했기 때문이다. 마지막 질문에 대한 답은 아직 알 수 없다. 이 질문에 대한 답은 미래 과학자들한테 정해줄 것이다.

레고 세상

김태겸

이 세상은 레고다
원자로 이루어진 레고
원자 한 개 차이로
어떨 땐 약이 되기도
어떨 땐 사람을 죽이기도 하는
레고

이 세상은 레고다
우리의 몸
우리의 감정
우리의 자아까지도
그저 조립된 레고의 결과물

우리의 삶이
우리의 행복이
그저 정교한 레고 장치라고 생각하면
가끔은 허무할 때도

하지만
우리는 끝없이 생각한다.

삶의 의미는 무엇일까?
우주는 무엇일까?
다른 레고들은
생각하지 않는다.
모두 멈춰 있다.
우리는 생각하기에
비로소 우리로서 존재하는 것이다.

 뭐야 이 詩
원자는 물질들을 구성하며 화학 반응을 통해 더 이상 쪼갤 수 없는 단위를 말한다.

원심분리기

홍서현

너무하다.

같이 있는 것을
분리하니까.

같이 있어야 할 것을
분리하니까.

하지만 서로 분리되어서야

자신의 성질을
다 보여주는 것은 아닐까?

 뭐야 이 詩

원심분리기는 어떤 액체를 구성하는 물질들을 밀도에 따라 분류하는 기자재이다.

詩PR

마음을
되살리는
시

Escherichia coli

차서현

나도
따뜻하고
밥 먹여주고
아무도 안 건드리는
조용한 곳에서 쉬고 싶다.

 뭐야 이 詩

대장균(E.coli, Escherichia coli)은 37℃에서 가장 활발하게 증식하며 따라서 대장균은
37℃로 온도가 유지되는 항온배양기에서 키운다.

수정

모수현

나는 너를 향해 달려간다.
죽을 힘을 다해서

너는 나를 막으려 노력한다.
내 마음도 몰라 주고

그렇게 내가 일등이 되었는데
너는 나 대신 나 다음 친구를 선택했어.

그렇게 우린……
인연이 아니었나 봐.

 뭐야 이 詩

난자와 정자가 만나 수정란을 만드는 과정이다. 이때 수정되는 정자는 언제나 첫 번째로
도착한 정자가 아니다.

사
이
언
스
—
63

얼음으로 만든 성

양준혁

창백하고 아름다운 얼음성은
우주에서 가장 손꼽히는 예술품이자
우주에서 가장 연역한 존재

날 때부터 녹아 사라질 것이 정해진 이 성은
벽 하나, 작은 기둥 하나만 녹아도
와르르 무너져 잊혀지리.

흠집 하나 없는 아름다운 외관은
철로 된 성마냥 영원할 것 같지만
사실 희미한 구조물 하나하나가
덧없는 성을 지탱하며
하루하루

그리고 언제까지나 겨울일 것 같았던 그곳에
어김없이 봄이 다가오고 있다.

 뭐야 이 詩

생명(生命)이란 생물이 살아서 숨 쉬고 활동할 수 있게 하는 힘을 말한다. 참고로 생명력은 생명의 유지력이다. 생명에 대한 일반적인 과학적 정의는 생물 문서에 나와 있다. 또다른 관점에서는 외부나 전체의 엔트로피 증가를 가속화하여, 자신의 엔트로피를 낮추거나 유지하는 개체로 보기도 한다. 이 주장은 사회유기체설과도 관계가 있다. 인간을 비롯한 모든 생명은 죽으면 결국 생물, 유기체에서 무기체로 돌아간다.

비과학적 과학

김우현

밀리면 밀리는 대로
당기면 당기는 대로

그렇게 관성의 법칙

01년 02월 20일 4시
아이가 태어나고 죽고

89년 02월 20일 4시
아이가 태어나고 죽고

그렇게 사주의 원리

상대성 원리가 말하는
관성의 법칙의 오류들

가설 설정 검증 일반화

 뭐야 이 詩

과거의 나는 물리, 화학과 같이 특정 공식으로 수식화된 것들만이 과학이라 생각했었다.
하지만 지금의 공식도 규칙성을 보고 예상한 예측이며, 과학적이라 함은 공식이란 허울을
뒤집어쓴 빈약한 자신감임을 알았다. 통계로써 예측되어 생성된 사주, 명리학 등을 비과
학이라 칭하는 우리는 어떤 학문을 가지고 과학적이라 이야기 해야 할까?

생명

이정원

생명이란 무엇인가.

과학을 처음 배울 때,
이 질문에 대한 답을 배웠다.

그리고 지금,
다시 그 질문에 대한 답을 고민한다.

살아있는 것과 죽은 것,
둘을 구별해주는 차이는 무엇일까.

생명체가 가지고 있는
핵산, 세포, 조직, 기관을 모두 가지고 있으면서
죽은 것은 살아있는 것과 무엇이 다른가.

죽음이란 무엇인가,
인간이란 무엇인가,
질문이 끝도 없이 떠오른다.

생명과학

박지현

생명과학은 너를 설명한다.
너의 작은 숨소리
내 손 위에 포개진 너의 따뜻한 손
나에게 짓는 네 표정의 의미까지
나와 너에 대한 모든 것
이것이 생명과학이다.

 뭐야 이 詩

생명과학은 생명체에 관한 학문이다. 생명체의 몸에서 일어나는 현상의 원인을 밝히기 위
해 노력하며 인간뿐 아니라 동물, 식물, 더 나아가 세균까지도 연구한다. 의학과 약학의
기초가 되는 학문으로 나에 대해 알기 위한 학문이다.

배신자

김근영

아이야, 너는 한때 내 친구였어.
나와 함께 울고 웃으며
함께 자라고
함께 콩 한 쪽도 나누어 먹었어.

네가 어느 날 바뀌어.
나와 다른 삶을 살기 시작했어.
그렇게 다른 이들을 해치고 싶었니?
그렇게 영생이 얻고 싶었니?

지금은 승리의 여신이
너의 편인지 모르겠지만
언젠가는 도려내고 공격당할 테지.
모두가 너를 배척할 게지.

너의 무궁무진한 후세들도
소중히 여겼던 너의 자식들도
결국 같은 운명이 될 테지.
너의 선택이니 후회하지 않길 바란다.

언젠가는 할 일을 미루고
욕심을 채웠던 삶을 돌아보기를…….

 뭐야 이 詩

이 시의 배신자는 암세포를 의미한다. 암세포는 정상세포와 달리 비정상적으로 많이 분열
을 하여 자신의 본래 기능을 망각하고 주변 세포들을 공격하는 세포이다. 암세포는 영원
히 죽지 않는 능력을 가져 우리 몸을 아프게 한다. 암을 막기 위해 우리 몸은 면역 체계를
가동하고, 의사들은 절개술이나 방사선법을 이용하고 있다. 이 시는 생물에서의 암세포뿐
만 아니라 사회에서의 암세포와 같은 존재들을 떠올리며 감상하기를 바란다.

콩닥콩닥

안해원

콩닥콩닥
내가 여기 살아 있어요.
콩닥콩닥
심장이 뛰고 피가 돌아요.

콩닥콩닥
우심방, 우심실, 폐동맥을 돌고
다시 폐정맥, 좌심방, 좌심실을 돌아
다시 또 온몸으로 피가 돌아요.

콩닥콩닥
따뜻함이 돌아요.
콩닥콩닥
손끝 모세혈관까지도

심장이 콩닥콩닥
내 마음도 콩닥콩닥
내가 여기 살아 있어요.

 뭐야 이 詩

심장은 좌우로 나뉘어 있고, 각각이 또 2개의 방으로 나눠진다. 심방은 혈액을 받아들이고, 심실은 폐와 몸으로 혈액을 내보낸다. 우심방에서 나온 혈액은 우심실로 이동하고, 폐동맥을 통해 폐로 혈액을 운반한다. 좌심방은 폐정맥으로부터 산소가 풍부한 혈액을 받고, 이 혈액은 좌심실로 들어간 뒤 대동맥을 통해 온몸에 공급된다.

백혈구

김민성

오늘도
싸운다.

어제도
싸웠다.

몸은
끊임없이
다치고

적은
끊임없이
온다.

몰려오고
몰려와도

지키는 것이
나의 사명

내일도
싸울 것이다.

나

김우현

어제 먹은 카레는
오늘 아침 나의 눈

작년 여름의 흉터엔
엄마 오른쪽 신장이

바늘 **빽빽**한 혈관엔
신원 불명의 혈액이

그렇다 쳐도 나

나라는 주장의 강박

 뭐야 이 詩

'테세우스의 배'라는 유명한 역설이 있다. 테세우스의 배가 조각조각 새로운 부품으로 교
체되어 갈 때, 테세우스의 배의 근본은 어디에 있는지 탐구하는 역설. 그 역설에 대해 생
각하다 나를 나라고 이야기하는 것 역시 자기 자신의 존재를 주장하는 나라는 형태의 강
박감임을 생각하게 되었다.

생명

김우현

'살다'의 이유를 찾다.
'살다'의 의미를 찾다.

줏대 없이 자라나는 관목
의 꺾여나간 가지
가 땅에 내린 뿌리

우연히 체계적인 개미집
을 본따 만든 도시
의 규칙적인 야경

살아있다 생각하는 사람
을 생각하는 기계
를 만들어낸 사람

이 산다는 건
산다의 이유가 없다는 것

이란 건 또 하나의 의미라는 것

 뭐야 이 詩

삶의 의미에 대해 고민하다 아직 누구도 정의 내리지 못한 생명의 정의를 생각해 보았다.
생명의 특성은, 물질대사, 유일성, 규칙성, 등 많은 것들이 있지만, 모든 것을 빗나가는 줄
기가 존재한다. 그런 의미에서 삶의 목표와 의미는 정의되지 않으며 이것은 또 다른 형태
의 자기 자신을 위한 삶의 의미로써 해석 가능하다고 생각했다.

비타민

김근영

삶에 활력을 주는
나의 비타민
함께 울고 웃어 주는
나의 비타민

과해도 부족해도
몸과 마음에는 생채기
임에게 과하지도 부족하지도 않은
비타민을 건넨다.

언제나 임에게는
고마운 마음
비타민에 담아
오늘도 임에게 건네 본다.

 뭐야 이 詩

비타민은 물질대사나 생리 기능을 조절하는, 우리 몸에 꼭 필요한 역할들을 하는 물질이
다. 몇몇 비타민은 우리 몸에 부족해도, 과해도 문제가 생기게 된다. 사람과 사람 사이의
관계도 마찬가지이다.

기생충

차서현

가장 위험하지만
가장 영리한 존재

 뭐야 이 詩

기생충은 다른 동물의 체내 외에 붙어 해당 숙주의 양분을 얻어 살아가는 무척추동물이
다. 숙주는 자신의 양분을 빼앗겨야 하므로 기생충이 가장 위험한 존재이지만, 기생충 그
자신을 보면 살아남기 위해 다양한 전략을 사용하는 것이므로, 어찌 보면 가장 영리한 존
재라고 일컬을 수 있겠다.

호흡

박지현

네가 숨 쉬고 있어서
네가 존재해 주어서
네가 내 곁에 있어 주어서
숨결조차 얼어붙는 이 추운 겨울도
나는 따뜻하게 이겨 낼 수 있다.

지구과학시

詩야

마음을
밝히는

시

지구과학

박지현

지구과학은 모든 것을 보여준다.
지구의 중심에서 바다를 지나 하늘을 가로질러
더 나아가 우주의 저 끝까지
우리가 알고 있는 것과
알지 못하는 것과
알고 있었다고 생각하는 것과
모른다고 생각했던 모든 것을.

 뭐야 이 詩

지구과학은 크게 지질학, 해양학, 기상학, 천문학으로 나눌 수 있다. 지질학에서는 지구의 중심부터 시작하는 지구의 구조와 암석 등을 논한다. 해양학에서는 바닷속의 여러 변화들, 즉 파도, 해류 등에 대해 이야기한다. 기상학에서는 하늘에 떠 있는 구름, 공기의 흐름 등에 대해 말한다. 천문학에서는 우주와 그 속에 있는 별에 대해 설명한다. 이 모든 학문이 합쳐져 지구과학이 된다.

태풍

이승우

뜨거운 여름은
차가운 바다를
따뜻하게 품어 부었다.
속으로 속으로
제 울음을 감추었던
바다는 한숨처럼 뜨거운
바람을 토해내고
칼날 같은 수평선
위로 먹구름 밀어 올리고
파도는 방향도 없이
그저 바람따라 포말로 일어났다.
사라진다.
기존의 질서를 무너뜨리고
새로운 질서가
태풍을 앞세워 몰려오고 있다.

 뭐야 이 詩

태풍은 열대 해상에서 발생하는 발달한 열대 저기압의 한 종류로 강한 폭풍우를 동반하고
있는 기상 현상을 말한다.

봄여름가을겨울봄

안해원

따뜻한 봄바람이 불고
청명한 햇빛이 내리쬐고 나면
나를 둘러싼 공기가 차가워지고
바람이 불고야 만다.
그 모든 것들이 지나고 나면 지구는 다시 제자리로 돌아와
지나간 봄처럼 나를 안아 주지만
그 겨울 사이 바람에 깎여나간 바위와 산과 나는
지구를 똑같이 바라볼 수 없다.

달이 조금씩 멀어지듯이 내 마음도 내게서 점점 멀어지고
내가 사랑하던 모든 빛나는 것들도 내게서 점점 멀어져
그때야 비로소 나는 하늘이 조금 더 가까워졌음을 알고
더 튼튼해진 두 다리로 세상을 걷는다.

 뭐야 이 詩

풍화 작용은 암석이 물리/화학적 작용으로 인해 입자가 작아지며 토양으로 변해가는 현상을 말한다. 보통 공기(바람 등), 물이 주원인이 된다. 또한 달은 해마다 약 3.8cm씩 지구에서 멀어지고 있다. 밀물과 썰물이 지표와 마찰하며 지구 자전 운동을 감속시키면 달은 지구에서 에너지를 얻고, 앞으로 밀려나가게 되는 것이다.

목소리

김태겸

우리의 밤하늘은
우주의 역사
밤하늘에 쏟아지는 별빛은
과거의 목소리

수십억 광년 떨어진 저 심연은
무엇을 이야기하고 있을까?
밤하늘에 가득한 저 목소리들은
무슨 비밀을 품고 있을까?

한때 찰나의 시간을 살다 간
우주인들의 목소리가
밤하늘 어딘가에 울려 퍼지고 있을까?
그리고 찰나의 시간을 살다 갈
우리들의 목소리가
언젠가 머나먼 누군가에게 닿기를.

 뭐야 이 詩

유한한 광속 : 빛의 속도는 유한해서 먼 곳의 천체에서 지구까지 도달하는 데는 시간이 걸린다.

위성

이채원

언제부터였는지는 나도 모른다.
그저 언제까지나 너의 곁을
맴돌고 있게 된 것이.

너에 의해 빛이 가려져
어둠 속에서 시들어갈 때도,
네가 나를 천천히 조금씩
도려내었다 도로 놔줄 때에도
나는 항상 너의 옆을 지키고 있다.

그럼에도 불구하고 늘 감사한다.
매일 너의 얼굴을 보는 것이
나에겐 크나큰 축복이기에.
언제까지고 너의 주변을 맴돌 것이다.
이 공허하고 차디찬 우주 속에서
유일한 내 벗이 되어 주는 그대여.

 뭐야 이 詩

이 시는 어느 이름 모를 위성이 행성을 바라보고 쓴 시다. 위성은 그 행성 주위를 공전하고 있다. 이때 행성이 태양빛을 위성으로부터 가려서 위성이 빛을 받지 못할 때도 있는데, 지구와 달의 경우 이를 '낮'이라고 한다. 또 가끔씩 행성이 완전히 위성을 가리는 궤도에 있을 때에는 월식이 일어난다.

조차(潮差)

안해원

둥그런 그 애가 다가오면
은은하게 빛나는 그 애가 다가오면
내 마음은 속절없이 그 애에게 끌려간다.

물밀듯 천천히, 저 멀리까지
볼을 얕게 붉히고는 마중 나갈까.

그러다가 잠깐 뒤돌아서면,
나를 봐주지 않으면
이내 얌전히 수그러들어 태연한 체를 한다.

얼굴만 마주쳐도, 그 애가 한 번 웃기만 해도
달을 쫓는 바다마냥
마음은 또 저 멀리까지 떠내려 갈 테지만

아주 변덕이 죽 끓듯 해
정신을 못 차릴 지경이다.

 뭐야 이 詩

밀물과 썰물은 지구와 달 사이의 기조력으로 인해 발생한다. 이 힘이 커지면 밀물, 약해지면 썰물이 발생하는 것이다. 한국의 서해에서는 밀물과 썰물이 하루에 2번씩 생긴다.

지구

양준혁

옛날에 무지했던 지구는 가만히 있었다.
태양이 그 주위를 돌았다.
무지하나 느긋했다.

세월이 지나 영리해진 지구는 좀 바빠졌다.
스스로 빙글빙글 돌면서 또
태양을 빙글빙글 돌았다.

진리를 깨우친 지구는 이제 많이 바빠졌다.
스스로 빙글빙글 돌면서
태양을 빙글빙글 돌고
앞뒤로 기웃기웃하고
수시로 자기장을 변화시키고
땅을 움직여야 했다.

그렇게 과학의 진보는 지구를 바쁘게 만들었다.

 뭐야 이 詩

지구의 운동 : 지구는 자전, 공전, 세차운동을 한다. 자전은 지구가 매일 스스로 한 바퀴씩 도는 현상이고, 공전은 지구가 태양 주위를 1년에 한 바퀴씩 도는 현상이다. 세차운동은 지구의 자전축 자체가 회전하는 현상으로, 25,000년 정도마다 원래 상태로 돌아온다. 이 운동 때문에 언젠가 북극성이 지구의 정북을 표시하지 못하게 될 것이다.

대륙 이동설: 원래 하나의 대륙으로 이루어진 지구가 점차 갈라져서 오늘날과 같은 대륙들을 형성하게 되었다는 가설이다.

계곡

박지현

물은 높은 곳에서 낮은 곳으로 흐른다.
강의 상류는 험난하다.
모나고 각진 돌과
좁은 계곡을
급하게 진 경사를 따라 물은 흐른다.

중류는 그나마 낫다.
조금은 뭉툭해진 바위들
좁지도 넓지도 않은 물길을
그러나 꽤 가파른 물길을 따라
물은 흐른다.

하류는 평탄하다.
둥글게 깎인 자갈들
넓게 펼쳐진 강을
평평한 평지를 따라
물은 흐른다.

우리네 인생도 그렇다.
고통은 모난 돌처럼

아프게 우리를 찌르지만
시간이 흘러 물이 하류로 흐르듯

시간은 고통을 깎고 깎고 또 깎아
예쁘고 동그란 자갈 하나를 만들어 낸다.

 뭐야 이 詩

물이 흐르며 돌과 부딪히면 그 마찰력으로 인해 돌은 조금씩 깎이게 된다. 이 작용을 풍화
침식 작용이라 부른다. 강의 상류는 보통 산지에 위치하여 물이 빠르게 흐르기 때문에 가
파르고 물길이 좁으며 크고 모난 돌이 많다. 하류로 갈수록 유속은 느려지며 경사는 완만
해지고 돌은 매끄러워진다.

어느 날 달이 물었다

안해원

어느 날 달이 물었다.
어머니 당신은 그렇게나 오래도록
돌고돌다 또 돌고 계신데
왜 그만 쉬지 않으십니까?
그러자 지구가 답했다.

내 아이들아!
내가 돌고돌고돌다 멈추면
건물이 찢어지고 모든 게 날고
파도가 일고 폭풍이 일어
모든 걸 덮치며 삶들을 끝낼 테지.

그저 돌고돌고도는 것으로
이 모든 것들을 막을 수 있다면은
내게는 그러지 않을 책임이 있단다.

그러니 아이들아!
너희들의 사소한 행동으로
무엇인가 도움을 받고 웃음을 짓고
삶을 얻고 슬프지 않게 된다면

응당 그렇게 해 주길 바란다.

응당 그렇게 해 주길 바란다.

 뭐야 이 詩
'거대충돌설'은 달의 기원을 설명하는 과학이론으로, 화성만한 천체가 초기 지구에 충돌해
떨어져 나온 파편이 달이 되었다는 가설이다.

그래도 지구는 돈다

김민성

돈다 돌아……
내 머릿속 생각들이

지구가 돌아서 내 머릿속이 도는지
한순간도 가만히 있지 않고
내 머릿속은 돈다.

수학 시간에는 사인코사인 그래프가 돌고
화학 시간에는 벤젠 고리가 돌고
물리 시간에는 원심력과 구심력이 돌고
생물 시간에는 TCA 회로가 돌고
지학 시간에는 무슨 일인지…… 쉰다.

오늘도 아침부터 학교 스케줄은 돈다.
오늘 하루는 좀 쉬고 싶지만

그래도 지구는 돈다.
핑핑~

 뭐야 이 詩

TCA 회로 : 세포에서 에너지를 만드는 과정
벤젠 고리 : 화학 물질의 일종인 벤젠의 고리 구조를 일컫는 말이다.
원심력과 구심력 : 물체가 원운동을 할 때 작용하는 힘.원심력은 회전의 중심에서 바깥쪽
으로 작용하는 것처럼 관찰되며, 운동 방향에 수직으로 작용하는 일정한 크기의 외부힘이
작용하면 물체는 등속원운동을 하게 된다. 이렇게 원의 중심방향으로 작용하여 원운동을
유지하는 힘을 구심력이라 한다. 중력, 전자기력, 실의 장력 등이 구심력이 될 수 있다.

사이언스 —

한가을

이정원

선선한 공기에 눈이 안 떠지길래
긴 옷을 입었더니 그제야 덥다.

인간이 지구의 오존층을 없애니
지구가 인간의 가을을 없애나 보다.

그러나
지구도 달력에 있는 가을은
지우지 못했다.

오지 않은 가을 날씨에
바싹 말라 버린 내 마음이
고흡수성 수지가 되어

달력이 준 가을 감성 한 줌을
분자 하나도 놓치지 않고
가두어 버린다.

지구가 내어 주지 않은 가을을,
내 마음이 느낀다.

 뭐야 이 詩

인간의 활동으로 지구의 오존층이 파괴되고 기후가 변하고 있다.
고흡수성 수지 : 자기 무게보다 수십 배에서 수백 배까지 물을 흡수하는 수지이다. 탈지면
이나 무명천 같은 것보다 흡수량이 많으며 웬만한 압력에는 물을 방출하지 않는다.

암석 박편

홍서현

작은 것은 전체를
대표하지만
전체는 작은 것을
설명한다.

너는 한때 우리의 일부분
넌 우리의 대표

우리 대신 깨지고 부서지고
우리 대신 관찰당하고

우리의 색깔 모양 질감 모두 다
너를 통해 표현되리.

 뭐야 이 詩

암석 박편은 그 암석의 일부분으로 제작한 것으로 그 암석을 대표한다고 볼 수 있다. 암석
과 관련된 실험을 할 때 특정 암석의 성질을 모두 표현할 수 있는 암석 박편을 사용하여
설명한다. 따라서 암석 박편이 전체 암석 대신 깨지고 부서진다는 표현을 사용한 것이다.

층의 시간

안해원

5살, 자갈을 주워다 쌓았다.
시간은 느렸고 알알이 진 매일이 하나의 사건이었다.

10살이던 해는 모래를 가득 모아 쌓았다.
빨라지는 시간 속에서 하루는 빈틈없이 흘러갔지만
그 하루들이 금빛으로 빛나던 시절이었다.

16살에는 진흙을 뿌려두었다.
마음 가는 대로 그를 주무를 수 있어 손을 쥐었다가 폈다.
그 물렁한 질감이 퍽 마음에 들었다.

19살, 예년의 지진으로 갈라진 땅 틈에
젖은 모래를 뭉쳐다 던졌다.
이제 와 멀리서 바라보니 겹겹이도 쌓여 있더라.
앞으로도 쌓여갈 시간들 사이가 평탄하기만을 바라며

 뭐야 이 詩

지층이란 암석이나 토사가 퇴적된 층이다. 각 층은 일반적으로 서로 평행하게 놓여 있으며 자연적인 힘에 의해 쌓인다.

물의 순환

이승우

나는 물을 닮고 싶다.

깊은 바다부터 저 높은 하늘까지
땅 끝 마을에서 우리 근처 논밭까지
구석구석을 돌아다니는
물을 자유로움을 닮고 싶다.

추운 곳에서는 얼음으로
하늘 높이 올라갈 때는 수증기로
강물을 따라 곳곳으로 흘러갈 때는 액체로
유연하게 모습을 변하는 물을 닮고 싶다.

물 없이 살 수 없는
다른 생물들에게 직접
자신의 몸을 바치는
물의 희생을 본받고 싶다.

 뭐야 이 詩

지구의 물은 언제나 움직이며 지구에서 순환하는 과정을 물의 순환이라고 부른다. 물은
물의 순환 속에서 여러 곳에 걸쳐 액체, 수증기, 얼음의 상태에 속하게 되고, 지구 표면 위
의 물의 양은 언제나 동일하다.

별

차서현

내가 밝아 보이지 않는 건
그저
너희들이 나와 멀리 떨어져 있기 때문이야.

 뭐야 이 詩

별은 우리와 얼마나 멀리 떨어져 있는가에 따라서 밝기에 차이가 생긴다. 그러한 차이를
나타낸 것이 겉보기등급이다. 천문학자 히파르코스가 눈으로 보았을 때 가장 밝은 별을 1
등급, 가장 어두운 별을 6등급으로 해서 구분한 것이 시초이며, 한 등급 사이에는 약 2.5
배의 밝기 차이가 난다.

망원경

홍서현

저기 멀리 있는 너는
빛이 났다.

저기 멀리 있는 너를
볼 수 없었다.

하지만
너를 보고 싶었기에
너의 빛에 끌렸기에

너를 보고 싶은
내 마음이 너무 커다랐기에
나는 너를 보았다.

너를 보려고 수천 년의
노력이 필요했다.

기어코 너를 보았다.

 뭐야 이 詩

인류는 하늘에 빛나는 별을 더 자세히 관찰하기 위해 망원경을 개발했다. 하지만 망원경을 개발하는데 수천 년이 걸렸고, 수많은 과학자의 노력과 끈기가 필요했다. 별을 관찰하고 연구하는 천체학자들의 소망을 담은 시이기도 하며, '너'가 반드시 별이 아니라 사랑하는 이, 자신의 꿈 등으로 해석될 수 있다.

보이는 게 다가 아니다

김근영

미안하다.
내가 관찰한 대로 판단했다.
사실 너는 그런대로 밝은 아이였음을
내가 있는 곳에서는 보이지 않는다.

미안하다.
보이는 게 다가 아니었음을.

 뭐야 이 詩

우리가 밤하늘에 보이는 별들은 사실 고유의 밝기를 나타내는 것이 아니다. 우리의 눈
으로 관찰한 결과를 바탕으로 결정한 별의 밝기를 '겉보기 등급'이라고 한다. 모든 별을
10pc 거리에 두고 관찰한 별의 밝기인 '절대 등급'은 별의 실제 밝기를 의미한다. 밤하늘
에 보이는 별은 자신의 실제 밝기가 아니라 거리에 따라 왜곡된 밝기를 나타내고 있는 것
이다.

태양

박지현

태양은 끊임없이 팽창한다.
태양은 끊임없이 수축한다.
50억 년 동안 태양은 균형을 맞춰 왔다.
더 이상 수축하지도
더 이상 팽창하지도
무려 50억 년 동안
인간은 상상할 수 없는 그 긴 시간 동안
조용히, 그러나 뜨겁게
태양은 불타올랐다.

인간은
100년의 그 짧은 시간 동안
단 한 번이라도
그렇게 아름답게 불타오를 수 있는가?

 뭐야 이 詩

태양은 거대한 질량에서 비롯된 중력 수축에너지와 수소의 핵융합으로 발생하는 열에 의
한 팽창에너지가 평형을 이루어 구형을 유지한다. 또한 태양의 수명은 약 50억 년으로 알
려져 있다. 태양은 수소를 행융합해 나온 에너지로 빛을 낸다. 즉 끊임없이 타오르고 있다.

우린 모두 별에서 왔다

김태겸

우린 모두 별에서 왔다.
어쩌면 누군가의 생명이었을
어쩌면 누군가의 희망이었을
별들

우린 모두 별에서 왔다.
희미한 성간구름에서 태어나
찬란하게 빛을 발하며
화려하게 생을 마치는
별들

죽은 별들의 파편은
새로운 별들을 이루고
새로운 행성을 이루며
이윽고 사람을 이룬다.

우주의 보석이던 이 별들이
우리가 온 곳이라는 걸
상상할 수 있을까?

우리는 별을 바라본다.
우주를 바라본다.
우리가 온 그곳을 동경하며,
찬란한 우주를 동경하며⋯⋯.

 뭐야 이 詩

초신성 폭발 : 질량이 큰 별은 생을 마칠 때 자신을 이루는 물질을 엄청난 에너지와 함께
방출한다.

바다

박지현

밝은 해를 보며 발을 담근 바다는
눈이 아리게 파랗고
소름 돋게도 시원했다.

발을 담그고 있을 때
앞에서 불어온 바람은
살그머니 내 머리카락을 뒤로 넘기며
어서 오라고
바다의 향기를 실어다 주었다.

반짝이는 별이 떠 발을 빼낸 바다는
하늘을 담아 빛나고
넓게 뻗은 모래사장보다 따뜻했다.

발을 빼내려 할 때
뒤에서 불어온 바람은
아쉬운 듯 내 치맛자락을 흔들며
다시 오라고
나의 향기를 가지고 바다로 돌아갔다.

 뭐야 이 詩

해륙풍은 바다와 육지의 비열 차로 인해 낮에는 바다에서 육지로, 밤에는 육지에서 바다로 부는 바람이다. 낮에는 비열이 작은 육지가 바다에 비해 더 가열되며 공기가 상승해 바다에서 육지로 공기가 유입되고, 밤에는 비열이 큰 바다가 천천히 식어서 상대적으로 온도가 높기 때문에 육지에서 바다로 바람이 불게 된다.

연주 시(詩)차

박지현

시간이 흘러
차이가 생겼다.

내가 보는 것과
네가 보는 것은
같은 듯 달랐다.

시간이 지날수록
그 차이는 커져만 갔다.

그리고 시간이 더 지나
다시
너와 같은 생각을 하게 되었다.

 뭐야 이 詩

시차는 지구의 공전으로 인해 지구의 관찰자가 보는 별의 천구상의 위치가 시간에 따라
달라지는 것을 각거리로 나타낸 것이다. 그중 연주 시차는 시차가 최대가 될 때의 시차로
주기는 6개월이다. 그러나 6개월이 지나면 다시 천구상에서 같은 자리로 돌아오게 된다.

493.9Hz

마음을
울리는
시

기하와 벡터

모수현

이차곡선
평면좌표
공간좌표
공간도형
내적과 외적
도형의 방정식

 뭐야 이 詩

수학의 여러 파트 중 하나이다. 초중고에서 배우는 기하를 바탕으로 '해석기하학'의 문을
여는 과목이다.

소수

이윤형

소수.
수학이 생각한 완벽하고 아름다운 수

우리는 언제 완벽했던 적이 있었는가.

2 3 5 7 11 13 17
19 23 29 31 37 ……

나에 대해 알아가 기대가 쌓일수록
고통의 시간이 지나가 실망이 쌓일수록

그 무엇도 온전할 수 없음이 느껴지는 것 같다.

 뭐야 이 詩
소수란 1과 그 수 자신 이외의 자연수로는 나눌 수 없는, 1보다 큰 자연수를 말한다.

기리고차

모수현

톱니바퀴 3개가 맞물려 거리를 잰다.
120자, 1800자, 18000자.

서로 부딪혀가며 쉼 없이 돌아간다.
정확한 거리를 재기 위해

영국보다 287년이나 앞선 너로
친구와의 거리를 알 수 있다면

백성들의 마음을 헤아려준 네가
사람들의 마음의 거리도 잴 수 있다면…….

우리는 지금 너를 만날 수 있었겠지?

 뭐야 이 詩

기리고차는 일정한 거리를 가면 북 또는 징을 쳐서 거리를 알려주는 조선시대의 반자동 거리측정 수레이다. 기리고차는 0.5리를 갔을 때 종을 1번 치고, 1리를 가면 종을 2번 울리게 했다. 또 5리를 가면 북을 1번 울리게 하고, 10리를 갔을 때는 북을 2번 울렸다. 수레 위에는 두 사람이 앉았는데, 한 사람은 수레를 끄는 말을 조종하고 다른 한 사람이 종소리와 북소리를 듣고 이수(里數)를 기록하기만 하면 거리를 측정할 수 있었다.

수학

이윤형

언제나 내 이상은

선택은 확률과 통계
경험은 미분과 적분

하지만 내 현실은

선택은 어설픈 귀납
경험은 논리적 모순

 뭐야 이 詩

귀납법이란 개별적인 특수한 사실이나 현상에서 그러한 사례들이 포함되는 일반적인 결론을 이끌어내는 추리 방법이다.

수학에서는 임의의 자연수 n에 대해서, n=1일 때 성립하고 n=k−1일 때 성립한다고 가정 후 n=k일 때 성립한다는 것을 보이는 증명 방법이다.

모순이란 명제끼리 서로 맞지 않아 논리적인 이치에 어긋남을 의미하는 말이다. 수학에서는 주로 귀류법(거짓을 가정 후 모순을 이끌어내어 참을 증명하는 방법)에서 등장한다.

정다면체

홍서현

정다면체가 되기 위한 조건
까다롭다.

그렇기에 정다면체가
될 수 있는 도형은
오직 5개뿐.

자신의 꿈을 이루기 위한 조건
까다롭다.

그렇기에 자신의 꿈을 이룬 이가
별로 없는 것 아닐까?

그렇기에 자신의 꿈을 이룰 확률이
5%뿐 아닐까?

뭐야 이 詩

정다면체가 되기 위해서는 모든 꼭짓점에서 만나는 변의 개수가 같아야 하고, 면이 모두
같은 길이를 변으로 가지는 정다각형이어야 한다. 따라서 정다면체는 정사면체, 정육면체,
정팔면체, 정십이면체, 정이십면체밖에 존재하지 않는다. 만족해야 할 조건이 까다롭다는
것을 우리의 꿈을 이루기 위해서 우리가 이루어야 할 조건이 까다롭다는 것에 비유했다.

지오지브라

김근영

점과 점을 연결하면 선
선과 선을 연결하면 면
면과 면을 연결하면 도형

내가 손이 가는 대로
마법처럼 펼쳐지는 나만의 공간
조금은 오래 걸리지만
완성되는 뿌듯함

갑자기 친구가 멈칫거린다.
내 감정도 같이 폭발한다.

그래도 완성되면 뿌듯할 테지
다짐하며 오늘도 참고
또 참아가며
도형을 만들어간다.

 뭐야 이 詩

지오지브라란, 그래프나 도형을 구현하는 프로그램이다. 수학에서 3차원 공간도형으로 애니메이션을 구현하라는 수행평가를 받았는데, 도형 하나하나 만들며 뿌듯함을 느꼈다. 하지만 에니메이션을 구현할 때, '렉'이 자주 걸리는 것을 보고 화를 삭여야만 했다. 마치 렉이 걸리는 게임을 보는 것과 같은 느낌이랄까.

수학

박지현

수학은 수를 이야기한다.
변하지 않는 진리를 파고든다.
모든 곳에 존재하며
모든 것의 발판이 되며
모든 것을 보여준다.
이것이 수학이다.

 뭐야 이 詩

수학은 수에 대한 학문으로 모든 학문의 기초가 된다. 고대 그리스에서는 수학자이자 철학자들이 수학을 활발히 연구했으며 현재에도 수학은 건축 등 생활의 전반적인 곳에 모두 쓰인다.

곱셈과 나눗셈

홍서현

누가 그랬다
성공은 재능 곱하기 노력이라고

나는 그랬다.
실패는 재능 나누기 노력이라고

재능이 넘쳐나도
노력이 0이라면 성공도 0이다

재능이 없더라도
노력한다면 성공할 수 있고
노력한다면 실패하지 않을 것이다.

 뭐야 이 詩

수학의 가장 기본 개념 중 하나인 곱셈과 나눗셈을 사용하여 인생의 성공과 실패라는 것
을 정의한 시이다. 노력하지 않는다면 성공하지 못할 것이고, 노력한다면 실패만 겪지는
않으리라는 것을 수시적으로 표현했다.

짱친

이채원

나에게는 짱친이 하나 있다.
김 모 양보다도 오래된
평생 가는 짱친

그 친구는 부끄럼이 많아서
사람에게 먼저 다가가진 않지만
한 번 다가가면
금세 빠져 버리게 된다.

그 친구는 온 세상에 있다.
한번 빠진 사람에게는
어디에서도 그 친구가 보인다.
그 아이가 다가오고 말을 건다.

우리는 즐겁게 논다. 걔도 즐거울지는 모르겠지만.
때로는 흑백 없는 체스판 위에서 왈츠를 추고,
때로는 내 꿈에 나타나 어디로든 달린다.

장난기 가득한,
매일 나를 설레게 하는
소녀 같은 이 친구의 이름은
수학.

 뭐야 이 詩

저는 수학이랑 오래전부터 친하게 지냈어요. 그 친구가 좋아진 이후로는 차량 번호판
이든 시계에서든 그 친구밖에 보이지 않아요. 흑백 없는 체스판이란 그래프를, 왈츠란
$w^3=1$을 만족하는 w를 거듭제곱했더니 3개의 수가 반복되길래 내 멋대로 왈츠라고 이
름을 붙였어요. 매일 언제 어디서 나를 놀라게 할지 상상하며 설레게 하는 제 삶 속의
수학이라는 이 친구를 소개해 보고 싶었습니다.

소마큐브

이정원

분명 같지만, 다르다.

쓰는 조각은 같지만,
남는 공간은 다르고,

남는 부피는 같은데,
남는 모양은 다르다.

게다가 같은 면이 있어도
세 면 이상은 없다.

왜 그런지 알 수 있다면,
그러면 좋을 텐데.

그것을 알아낸다면,
연구가 끝날 텐데.

 뭐야 이 詩

소마큐브란 쌓기 나무 여러 개를 붙여서 만든 7개의 조각으로 이루어진 교구이다. 완성된
모습은 3×3×3 크기의 정육면체이며, 만드는 방법이 달라도 같은 면을 가진 경우가 있는
데, 이때 같은 면의 개수는 최대 두 개다.

점근선

이윤형

흔히 우리는 오랫동안 같이 지낸 사람에게
서로 잘 맞는다고 표현한다.

하지만 이내 곧 그 마주함은
서로에게 기대와 실망을 반복시키고

시간이 낳은 막연한 이해심에 지쳐
서로의 공간은 뒤틀려 버린다.

우리 사이에는 가까워지지만
결코 만날 수 없는 점근선이 있다.

어쩌면 그 점근선은
우리 사이를 막는 점근선은

더 이상 방해하는 벽이 아닌
서로를 존중하는
넘지 말아야 할 선이 아닐까 싶다.

 뭐야 이 詩

점근선이란 무한히 뻗어 나가는 곡선에서, 곡선 위의 점이 원점에서 멀어질 때 그 점에서 어
떤 정해진 직선과의 거리가 0에 가까워질 때 그 정해진 선을 말한다.

소마큐브

모수현

1, 2, 3, 4, 5, 6, 7번 조각
빨주노초파남보
내 조각들을 부르는 다양한 이름들

1, 2, 3, 4, 5, 6, 7번 조각
빨주노초파남보
사람들이 만들어낸 내 조각의 이름들

이런 내 7개의 조각들은
서로 힘을 합쳐 480가지의 모습들을 만든다.

이런 내 7개의 조각들은
남들이 자신을 어떻게 보는지 신경 쓰지 않는다.

 뭐야 이 詩

소마큐브는 3×3×3 정육면체를 7개의 조각으로 쌓아 만든 것으로 이것의 해는 480가지
가 있다. 이 조각들은 대체로 각각 '빨·주·노·초·파·남·보'의 색을 갖고 이 7조각들
은 서로가 맞물려 하나의 정육면체를 만들어 내게 된다.

詩언어

마음을
써 내려가는
시

정보과학

박지현

정보과학은 우리를 연결한다.
우리가 멀리 떨어져 있더라도
네가 태양을 보고 있을 때에
내가 달과 별을 보고 있더라도
설령 네가
나와 같은 땅을 밟고 있지 않더라도
너와 나와 모든 것을 연결하는 것
이것이 정보과학이다.

 뭐야 이 詩

정보과학은 컴퓨터를 이용하는 학문이다. 인터넷, SNS 등이 대표적인 예시라고 할 수 있다. 정보과학은 말 그대로 정보를 관리한다. 인터넷을 통해 세계의 정보를 연결하며 시공간의 제약을 받지 않는다는 것이 특징이다.

시작

이정원

#include <stdio.h>

int main(void)
{
      printf(“Hello World!”);
      return 0;
}

누구나 처음 시작하면
출력하고 시작하는 이 문장

“Hello World!”
“안녕, 세계야!”

세계에 자신의 시작을 알리며
처음 한 발을 뗀다.

 뭐야 이 詩

1연과 2연은 c언어에서 실제로 쓸 수 있는 소스이다. 그대로 입력하면 Hello World가 출력
된다.

계산

김민성

계산한다.

오늘도 그는
계산한다.

그의 계산은
한 여자가
받아 가서

그의 계산은
정복 입은 남자가
들고 가고

그의 계산은
철모를 쓴 남자가
받는다.

그의 계산은
불화살이
되고

그의 계산은
날벼락이
된다.

그의 계산은
지옥이
된다.

그는 애니악

계산한다.
오늘도 그는
계산한다.

시리

김민성

시리야
"네?"

언제나
바로
대답해 주는 너

언제나
원하는
대답해 주는 너

언제나
밝게
대답해 주는 너

지구
어디에 있는
인간보다

너가
더 친절해

시리야
"네?"

Hello Everyone!

모수현

```
#include <Wire.h>
#include <LiquidCrystal_I2C.h>

LiquidCrystal_I2C lcd(0x27,20,4);

void setup()
{
  lcd.init();
  lcd.init();
  lcd.backlight();
  lcd.setCursor(3,0);
  lcd.print("Hello");
  lcd.setCursor(2,1);
  lcd.print("Everyone!");
  delay(2000);
}

void loop()
{ }
```

나의 불들을 밝힌다.
모두에게 인사를 한다.

한시도 쉬지 않고
모두에게 인사를 한다.

Hello Everyone!

 뭐야 이 詩
아두이노 소스 파일로 시를 그대로 아두이노에 적용할 경우 'Hello Everyone!'이 출력
된다.

사
이
언
스
ㅣ

<u>모스</u>

김민성

빛이 깜빡인다.

빛이 나고
빛이 꺼지고

빛과 빛이 모이고
깜빡임이 모여서

누군가의
사랑

누군가의
화해

누군가의
절규

누군가의
기쁨

이야기가
흘러간다.

처음

박지현

아직 아무것도 모르고
이제야 겨우 디디는
미숙한 첫 걸음이지만
나는 여기 있다고
당당하게 외쳐 본다
Hello, World!

 뭐야 이 詩

'Hello, World!'는 코딩을 처음 시작할 때 출력하는 문구이다. 가장 기본적인 함수인 printf 를 배우는 과정으로, 그 후 다른 함수들과 포인터, 구조체 등을 배우게 된다.

일상다반 詩

사詩사철

언제나
곁에서

향수

안해원

손끝에 군청색이 묻어나는 하늘
그때의 구름이 못내 그리워지는 이때에
오래된 노래와 다락방에 들던 한 줄기 햇볕
낡아서 바랜 종이의 향
뻔한 내 향수는 고작 그런 것들로 나타나기 마련입니다.

눈 안에 별빛이 쏟아지는 검푸른 밤하늘
그 시절 잠자리 동화가 못내 그리워지는 이때에
먼지 쌓인 다락방 한편에 놓인 사진첩과 당신
그렇게 스쳐 지난 나날들
뻔한 내 추억은 고작 그런 것들로 나를 또 울게 합니다.

정류장

모수현

이번 역은 수학, 수학역입니다.

오늘도 우린 수학 정류장에 왔다.

하루에 두 번도 오는 이곳,

언제쯤 종착역에 다다를까?

이번 역은 3차 자습, 3차 자습역입니다.

오늘도 1차, 2차를 거쳐 3차까지 왔다.

오늘의 종착역으로 가는 마지막역,

언제쯤 이 역에서 출발할까?

여름

박지현

7월엔 6시에도 해가 지지 않는다.
6시까지 놀 수 있다.
그럼 뭐해
더워서 암것도 못하는데
집에서 빙수나 말아먹어야지.

어려운 시

이정원

마음에 드는 주제가 없어
썼다 지우길 몇 번째

과거의 진부한 사랑 이야기도
순수하고 아련한 첫사랑도
어느 것 하나 마음에 들지 않는다.

머릿속에선 참신했던 아이디어가
써 보니 흔하디흔한 클리셰

그나마 멋지게 포장할
독특한 문체도, 그럴 의지도
나에겐 아무것도 없다.

매화

차서현

네 덕분에
눈을 보지 못한 아쉬움을 봄에 달랠 수 있었다.

네 덕분에
흐드러지는 꽃잎 아래 친구들과 소중한 추억 만들 수 있었다.

내 은인아,
이듬해에 보자꾸나.

새벽이 밝아온다

안해원

새벽이 밝아온다.
끝없던 밤을 지나 새벽이 밝아온다.
어슴푸레하게 이 땅을 비추면 닭들이 운다.
여린 풀잎 끝에 이슬이 맺히면 땅이 젖는다.

이내 불타는 하늘에 빛덩이가 떠오르고
누군가 나직히 속삭였다.
새벽이 밝아온다고.

아, 새벽이 밝아온다.
끝없던 밤을 지나 새 새벽이 밝아온다.

측우기

모수현

너는 세종 때 발명된 우량 측정 기구야
맞지?

너는 표준화된 눈금으로 깊이를 측정해
맞지?

그럼, 사람 마음의 깊이도 측정해?
할 수 있지?
할 수 있다고 말해…….

적포도

박지현

내 고향 7월은
코에 물집이 익어가는 계절
젠장

사랑하는 아담 스미스

안해원

배수구에 걸린 머리카락을 치웠다.
방 한편에 떨어진 과자 부스러기를 주웠다.
성가신 일들이 자꾸 생긴다며 투덜댄 하루였다.

다음 날은 벗어둔 그대로 뒤집어진 운동화를 신었고
그다음 날은 던져 구겨진 대로 주름진 티셔츠를 입었으며
주가 다 지나도록 잃어 버린 머리끈은 찾을 수가 없었다.

일들이 번거로워진 것이 아니라
정상궤도에 올랐음을 알고서야
감사합니다, 겨우 한마디 했던
이기적인 내게 웃음 짓던

사랑하는 나의,

 뭐야 이 詩

아담 스미스는 영국의 정치경제학자로서 자기 이익의 추구가 사회 전체의 이익을 낳는다
는 '보이지 않는 손' 개념을 제시했다.

열정

모수현

열정은 메모지 같다.
메모지는 열정 같다.

언뜻 보아 딱 붙어 있지만
뒤돌아서면 바닥에 가 있다.
눈만 깜빡여도 떨어져 버린다.

그리움

이정원

떨어져 있을수록 마음도 멀어진다더니,
날이 가도 잊히진 않으면서
보고픈 마음만 더욱 절실해지고,

계속된 그리움에 한없이 괴로워질 땐
다시 볼 날을 생각하며
하루하루를 버티어 낸다.

영겁의 시간 후 다시 만나기 전
밤에는 잠도 못 들고
이른 아침 눈이 떠져도 다시 감을 수 없다.

그저 한없이 기쁜 마음에
하고 싶던 말들은 어디론가 사라지고,
내가 무슨 말을 했는지, 하는지, 할 것인지
알 수 없다.

그런데도 여전히, 나는 당신이 그립다.
내가 그리워하던 당신을 바로 앞에 두고.

진로

모수현

누군가 내게 묻는다.
"너는 커서 뭐가 되고 싶어?"

어린 나는 천진난만하게
"나는 해적왕이 될 거야!"

누군가 내게 묻는다.
"너는 장래희망이 뭐야?"

좋아하는 것이 생긴 나는
"저는 요리사가 되고 싶어요."

누군가 내게 말한다.
"종이에 진로 적어서 제출해."

세상이 어려움을 알게 된 나는
'저는……'

밤의 연회

안해원

태양이 자취를 감추면 이내 어둠이 자리를 잡고
밤의 막이 열리면 모든 이는 초대장을 받아든다.

나의 것은 곧 사색,
한편에 우두커니 자리를 잡고는
지나간 생각들을 붙잡으려 팔을 뻗어
머리 위를 스쳐 지나가는 깨달음들과 함께 빙글빙글,
제자리에서 경쾌한 양 춤을 춘다.

나의 것은 곧 그리움,
눈을 감으면 오늘도 어제도 그제도
그려지는 그들을 굳이 잊지 않으며
사랑했던 지난날과 만날 수 없는 다가오는 날 사이서
아슬한 줄타기 비틀대며 춤을 춘다.

나의 것은 결국에 후회,
어둠의 장막으로 둘러싸인 나는
얇은 이불로 몸을 감아 애써 나를 숨기며
결코 끊지 못할 듯한 사슬로 매인 우울한 과오들을 피하려
고통스러운 몸부림을 춘다.

너의 것만은 미래이다.
결국 이 밤이 지나고 나면 다시 날이 밝아올 것을 알아
내 따라갈 수 없는 곳으로
떠오르는 해를 향해 결의에 찬 발걸음을 내딛고야 만다.

별들이 쏟아져 내리는 한밤의 무도회
나는 아직 얽매여 있으매
저 동쪽이 어슴푸레 달아오를 때 비로소
이 끝없는 춤에서 해방되리라.

나는 과학이 싫다

이윤형

나는 과학이 싫다.
뭐든지 설명하려는 과학이 싫다.

가끔은 알지 못한 것이 나을 때도 있다.
가끔은 혼자만 알고 싶을 때가 있다.

우리는 결코 밝혀낼 수 없는 사실도 있다.
우리가 생각한 것을 부수는 사실도 있다.

가끔은 아파하면서도
가끔은 슬퍼하면서도
뭐가 그리 궁금한 걸까?
과학을 하면서도 의아해할 때가 있다.

과학은 수많은 생명을 탄생시키고
수많은 목숨을 앗아간다.
과학은 수많은 즐거움을 낳고
수많은 고통을 야기한다.

밝혀낼수록 어두워지고
지워 갈수록 써 가는 삶

그것이 정의라 믿고
인류가 나가야 할 답이라 칭하고
창의를 비논리라 치부해 버리는

그런 과학이라면
난 참 재미없다.
과학은 우릴 싫어한다.

이별의 시간

안해원

바람이 뒤에서 불어와 어깨를 민다.
나의 길은 당신의 너머에, 당신의 길은 나의 너머에
어젯밤 꿈 같은 표정과 함께 꿈처럼 흐려지는 우리의 시간
새로운 길을 떠나기 전에 잠깐 머무르게 해 주기를

바람이 또다시 불어와 추억의 페이지를 넘긴다.
참으로 빛났던 나날들 찬란했던 기억들이 손을 흔들고
훌훌 털어 내보는 그리움들이 끝이 없어
가야 함을 알지만 붙잡혀 하늘만 멍하니

정말로, 이제는 떠나야만 하는 시간이
악수도, 포옹도 없는 그저 얕은 눈인사만
서로의 응원을 어깨에 지고 나아가는 길
고마워요, 정말로 사랑했어요.

교묘 - 학교 안 길고양이

차서현

너는 아주 가끔 나타나더라.
오래 사귄 친구가 안부를 묻듯.
보고 싶었다고 무심한 인사를 하듯.

그리웠던 마음 알아내어
내 눈앞에 나타나 주다니
참 교묘(巧妙)하기도 하지.

곤약 젤리

모수현

저녁 먹은 지 벌써 5시간
나는 배가 고프다.

불이 꺼지기까지 벌써 1시간
라면은 부담스럽다.

이런 내게 친구가 되어준
깔라만시, 복숭아, 청포도 그리고 풋사과

자신은 이 세상에서 사라져도 좋단 듯
나 하나를 위해 희생하는
오늘도 내게 웃음을 남겨 준
남밖에 모르는 곤약 젤리

이동식 수업

차서현

끝없이 계단을 걷다 보면
언젠가 내 꿈에도 이룰 수 있지 않을까?

쓰레기통

이승우

길거리에 굴러다니는
냄새나고 고약한 쓰레기통

누가 감히 더럽다고 할 수 있으리.
저것은 희생이다.
자신의 몸을 바쳐
남들의 추악한 욕망을 안는

누군가는 더럽다고 하겠지?
자신을 외면하고
위선과 거짓으로
똘똘 뭉친 추악한 자들이

길거리에 굴러다니는
냄새나고 고약한 쓰레기통

그럼에도 저것은
길거리 위에 피어난
한송이 꽃처럼
눈부시게 아름답다.

짝사랑 1

이정원

마음은 닿아 있지만
닿을 수 없는 그대.

놓아 준다고 말은 하지만
놓지 못하는 그대.

이미 잡고 있지만
잡을 수 없는 그대.

그대가 알기나 할까요.

악의 없이 다정한 그대 때문에
이렇게 가슴 아린 생명이 있다는 것을.

짝사랑 2

이정원

내가 당신을 좋아해서
내 마음이 아프면

내가 더는 당신을
좋아하지 않으면 되는데,

모질게 마음을 다잡고
당신을 내보내 보아도

이미 달라붙은 당신을
떼어 낼 수가 없어요.

칼로 도려내 보려 해도
내 마음만 찌르는 꼴이니

억지로 잊으려 하는
그것이 더 고통스러워요.

기찻길

모수현

부산으로 가는 기차 안
모두들 설렌 표정이다.

어두운 표정 하나가 보인다.
무리 속에 끼지 못한 사람 한 명이 보인다.

무거운 가방에 큰 캐리어
학교로 들어가는 길인가 보다.

봄

안해원

베일 듯 새파란 겨울 하늘
희끄무레하게 덮어오는 동녘에
너그러운 바람이 세상을 덮을 때

코끝을 간질이다 이내 그득히 채우는
봄바람, 꽃향기, 막 깨어난 흙내음

손끝에서 틔워 내는 연둣빛 싹
내 들판을 메울 때

비로소 내게로 온
봄.

침전시 I

이채원

시끄럽게 돌아가는 복사기 소리
학생들 떠드는 소리
아빠가 사온 불족발 냄새
다 먹고 남은 진라면 매운맛

오감이 나를 자극하지만
무엇보다도 나를 자극하는 것은
서로를 너무도 사랑하는 내 눈꺼풀
의식이 사라지는 느낌이다.

좀 있으면 나는 노트북을 덮고 그 위에 엎드릴 것이다.
그리고 '딱 10분만 자야지.'라고 생각할 것이다.
그러나 내가 누구인가,
다음 날 아침이 되면 이게 당최 뭔 시일까 당황스러워하겠지?

이것은 취침 전에 쓰는 시이다.
모두들 좋은 밤 되기를.

나는 바람

이승우

거친 동토를 넘고
푸르른 대양을 넘어
세계에 구석구석을 탐방하는
자유로운 바람이고 싶다.

가장 낮은 곳에서
가장 막중한 책임을 가지고
땀 흘리는 사람들을 식혀 주는
한 줄기 바람이고 싶다.

하얀 눈이 땅을 덮고
작열하는 열기가 대지를 덮어도
아랑곳 않고 나아가는
굳건한 바람이고 싶다.

침전시 11

이채원

거실 곳곳에 널린 내 옷들
좀 있으면
저 좁은 어두운 캐리어에 들어가
하루 동안 껑겨 있어야 할 불쌍한 친구들

돼지 인형과 고양이 인형 중
뭘 들고 가야 할까?
한참 고민 중이긴 한데
그냥 내일 정할 생각이다.

구피들도 떠다니며 자는 시각
나는 무슨 좋은 시상을 잡는다고
이 시각까지 안 자는 걸까?

저번에 엎드려서 자다가
엄마가 입 돌아간다고 깨워서 침대로 갔다.
오늘은 그냥 알아서 침대로 가야겠다.
모두들 평온한 밤이 되기를.

가을

가을은 색으로 온다.
하늘은 더 눈이 시려
파랑으로
높아 더 높아지고

하늘 가까운 먼 산 꼭지부터
알록달록 색깔 입고
마을로 달려온다.

여기저기 산과 들
꽃이 부러웠던
노을색 닮은 잎새들이
이제야 꽃, 꽃으로
가을 단풍 드네.

태풍

모수현

너는 몰랐다.
내가 얼마나 놀러 가고 싶었는지,

너는 몰랐다.
내가 너때매 얼마나 실망했는지,

너는 몰랐다.
내가 오늘 무엇을 계획했는지,

네가 알았더라면,
나를 이런 방식으로 찾아오지는 않았겠지.

0

김민성

양
음

인력
척력

물질
반물질

세상은
이분법이다.

누가 옳고
누가 그르고

누가 우리고
누가 타인이고

누가 위고
누가 아래고

난 중간이고 싶다.
난 '0'이고 싶다.

 뭐야 이 詩

반물질 : 물질과 특정 성질이 반대인 반입자가 모여서 만들어진 것을 말한다.

공명

홍서현

공명에는 여러 의미가 있다.

물리학자한테 공명은
전자기파의 개념 중 하나이다.
화학자한테 공명은
비슷한 분자구조 간의 관계이다.
나한테 공명은
내가 지원한 자율 동아리의 이름이다.

똑같은 두 글자지만
누구한테 말하는지에 따라 의미가 바뀐다.
똑같은 두 글자지만
생각에 따라 의미가 바뀐다.
똑같은 것이라도
마음가짐에 따라 의미가 바뀐다.

가치

이승우

피어난 꽃잎이 아름다운 것은
정해진 낙화가 아름답기 때문이다.

사람이 끊임없이 실망하는 것은
늘 희망을 가슴속에 품기 때문이다.

봄의 따스함이 느껴지는 것은
겨울의 추위를 넘어섰기 때문이다.

삶을 살아가며 고독을 느끼고
삶을 살아가며 상처를 입으며
삶을 살아가며 부조리에 맞서고
삶을 살아가며 고통을 받는다.

그렇기에 우리의 삶은
행복해질 수 있다고
그렇기에 우리의 삶은
진정한 가치가 있다고
믿어 의심치 않는다.

피로회복제

차서현

친구들과 오랜만에 인사할 때
친구들과 마주 앉아 대화할 때
방학은 잘 보냈냐며 묻는
시시하고 소소한 말들

어쩌면 피로회복제는 꼭, 사야만 하는 게 아닌가 보다.

빈 물병

모수현

점점 줄어간다.
점점 바닥이 보인다.
가벼워진 나는 기분이 좋다.
과제가 끝난 마냥 기분이 좋다.

짐

차서현

그대의 패배는
그대를 붙잡는 짐이 아니다.

꽃이 바람에 지듯 진 것이기에
그대의 짐은 아름답다.

밤

이채원

가라앉는다.
어둠 속으로
아무것도 보이지 않고
발 디딜 곳조차 없는
그곳은 내가 만든 늪.

멍하니 창밖을 바라본다.
앙상한 나뭇가지와
휑하니 으스스한 산
내 마음에 형체가 있다면
이렇게 생기지 않았을까?

그 안에 한 아이가 있다.
한 손엔 뭉툭한 칼을 들고
두 볼엔 희미한 눈물 자국

흙투성이 맨발로 일어서 보려 하지만
주위에 받쳐 줄 이 없어 다시 웅크린다.

묵은실잠자리

이채원

어느 가수가 즉석에서 만든
묵은실잠자리라는 노래를 들으며 생각했다.

묵은실잠자리……
되뇔수록 참 예쁜 이름이다.

묵은지처럼 새빨간 잠자리가
가을 보리밭을 떠다니는 상상을 해 본다.

이렇게 예쁜 이름을 가지면서
왜 이제껏 몰랐을까.
그런 애들이 얼마나 많을까?

애기똥풀, 개밥바라기별, 소소리바람……
소리 내어 말하다 보면
마음이 간질거리는 그런 이름들.
그런 친구들.
고향

집으로 돌아온 내 눈앞에
매일 돈 주고도 볼 수 없는 광경이 펼쳐진다.

아침에 집 앞에 산책을 나서면
울창하게 자라나는 나무들
그 가지 하나하나에 생명이 살아 숨 쉰다.
둥지를 틀고 앉은 까치부터
뿌리 옆에 떡하니 자리 잡은
어떤 냄새 좋은 꽃까지.

그 외에도
저녁때쯤 되면
은빛으로 반짝이는 수영강,
그 안에서 공존하는
갈매기들과 물고기 등등

하지만 내가 제일 좋아하는 광경은
지기 시작한 지 얼마 안 된 노을.
저 멀리 사라지는 노란색 햇빛과
반숙 노른자같은 주황색 하늘,

갈매기들이 푸드덕대는 바람에
이리저리 요동치는 푸른 강,
그리고 이름 모를 집 뒷산.

창문을 활짝 열고
그것을 멍하니 바라보노라면
그곳에서 햇살 냄새가 난다.
마음까지 따스한 기운이 전해진다.

나는 당신을 기다립니다

이승우

눈이 녹고 있는 계절
그대와 거닐던 저 언덕길
봄의 흔적으로 구석구석 꽃이 필 때
당신이 다시 올 것을 믿었습니다.

눈의 흔적을 찾을 수 없는 계절
그대와 거닐던 저 언덕길
매미 소리가 가득해지기 시작할 때
당신이 다시 올 것을 믿었습니다.

눈의 도래를 알리는 계절
그대와 거닐던 저 언덕길
올려다본 하늘에서 단풍잎을 볼 때
당신이 다시 올 것을 믿었습니다.

눈 내리는 계절
그대와 거닐던 저 언덕길
마을이 흰 눈으로 가득 덮였을 때
당신이 다시 올 것을 믿었습니다.

나는 아직도 당신을 기다립니다.

백상아리

박지현

백상아리는 죽을 때까지 멈추지 않는다
끊임없이 움직여야지만
아가미에 새로운 물이 들어오며
숨을 쉴 수 있다
그래서
백상아리에게 멈춤은
곧 죽음이다
우리의 호기심이 멈추는 순간
우리에게
죽음이 찾아오듯이.

가정폭력

차서현

봄비와 장마는
그 내음마저 다릅니다.

참으로 변덕스럽지요.
자신을 내던져 씨앗을 키웠으면서
고작 며칠 지났다고 세차게 내려
그 어린 생명을 죽이려 들다니요.

사과

모수현

사람들이 너에게 그랬듯이
너도 내게서 과육만을 가져가려 해.

사람들이 너에게 그랬듯이
너는 내 껍질을 보잘 것 없다고 말해.

그렇지만 어떤 사람들은
내 껍질이 없어서는 안 된다?

마치 너의 그 무엇 하나도
버려서는 안 되는 것처럼 말이야.

우리는 그저 너무 바빴을 뿐이다

홍서현

학생들의 고민은 비슷하다.

숙제를 다 할 수 있을까?
시험을 잘 볼 수 있을까?
대학은 잘 갈 수 있을까?

하지만 그런 고민보다 더 중요한 질문이 있다.

내가 원하는 내 미래 모습은 무엇일까?
내가 하고 있는 것이 과연 맞는 것일까?

하지만 우리는
지금 우리 앞에 놓인 고민의 답을
해결하기에도 바쁘니

어찌 우리가 저 멀리
내다볼 수 있겠는가?

문제가 생긴 문제

이정원

수학에서 풀기 어려운 문제 중에는
코딩으로 쉽게 풀 수 있는 것이 있다.

코딩으로 풀기 어려운 문제 중에는
그냥 풀면 쉽게 풀리는 것이 있다.

단순 반복과 번뜩이는 아이디어,
어떤 것이 더 편리한지,
어떤 것이 더 효율적인지

하나의 기준으로는 구분할 수 없다.

피안화 피는 밤에

이승우

피보다 붉은 한 송이 피안화야.
너는 무슨 사연이 있어
척박하고 외진 곳에
홀로 활짝 피어있니?

피보다 붉은 한 송이 피안화야.
너는 무슨 사연이 있어
잎사귀 한 장 없이
홀로 외롭게 견디고 있니?

피보다 붉은 한 송이 피안화야.
너는 무슨 사연이 있어
그 아름다운 꽃잎으로
세상을 향해 이를 드러내니?

모든 일에는 책임과 결과가 따르며
지나친 사랑은 결실을 맺지 못하니
잎을 먹고 자란 꽃잎은
어찌 아름답지 아니할쏘냐?

사시사철

박지현

꽃이 피고 무성해졌던 잎이 붉게 변해 눈꽃이 내리는
그 짧고도 긴 시간
너와 함께했던 모든 시간을
그저 한 편의 시로 간직해 보려고.

표류

안해원

잠깐 발만 담그고 갈 시냇물인 줄로만 알았는데
어느 새에 온몸을 적신 바다가 되었다.

푸르고 짭짤하고 깊은 너라서 뛰어든 것이 아닌데
뛰어들고 보니 숨이 막히도록 푸르더라.

언제 헤엄치기 시작했는지 알 수 없으니
언제까진 지도 모르게 헤엄치려 한다.

부디 네 성난 파도가
나를 밀어내지 않기만을 빈다.

멍

이채원

내가 가장 자주 하는 행동
수업 중이나
이동 중이나
언제든지 할 수 있는 행동

그런데 그 행동은 사실
아무 생각이 없는 게 아니라
나만의 세상 깊은 곳에서
내 오랜 친구를 만나고 오는 것

편의점에 가는 길에
내 눈 앞을 부아앙 하고 스치는 17녀 8619
그 즉시 내 뇌를 스치는 8619과 17의 사칙연산

팔육일구 빼기 십칠은 팔육공일
팔육일구 더하기 십칠은 팔육삼육
팔육일구 곱하기 십칠은…… 일사육육이삼
팔육일구 나누기 십칠은 오일칠

잔소리하는 친구한테 피드백을 받으며
나의 두뇌 회로를 고쳐 나간다.
남들 눈엔 멍청해 보이겠지만

그 어느 때보다도
두뇌를 많이 쓰는 시간.

하… 인생

이정원

이리저리 흔들리는
파도 위

고작 작은 뗏목을 타고선
나는 안전하다니
얼마나 안일한 생각인가?

파도를 마주하면
다시금 올라오는
참기 힘든 멀미.

모든 것이
다 나의 욕심 때문이니
마음을 비워야 하나?

게워낼 것도 없어져
마침내 찾아온 헛된 편안함

모든 시작은 파도인데
애꿎은 배 탓을 한다.

배에서 내려야 하는데
다른 이의 배를
빼앗을 생각만 하고

서로 싸우다 파도에 던져진
재물만 몇인지.

모두가 파도에 대적해도
별수 없으면서

모두가 어리석으니
그 틈에 파도만 득을 본다.

공공의 적은 파도일진대,
모두가 파도를 먹여 살리고 있다.

닭

이정원

살아서는 매일 자신의 자식을,
죽어서는 자신의 육신을,
자신의 모든 것을 내어 준다.

우리는 그런 존재에게
단 한 번이라도
미안하거나 고마운 적 있었을까?

스마트폰

모수현

12시 30분
어김 없이 전기가 나가고 불이 꺼진다.
불이 꺼져도 꺼지지 않는 불빛 하나
내 스마트폰

오늘도 내 옆에서 환하게 빛나는
암흑 속을 홀로 밝게 비추는
작지만 그 누구보다 강한
내 스마트폰
내 친구

 뭐야 이 詩
대구과학고등학교의 기숙사 소등 시간은 00시 30분이다.

설탕

박지현

손바닥에 끈적하게 달라붙는 건
너와의 달콤했던 추억일까?
차마 끊지 못한 나의 미련일까?